LES SERVANTES D'AUBERGE

Les amants de Kawabata n'habitent jamais le même monde. «Viens avec moi au pays qui est le mien», supplie la femme. Mais la prière est faite pour ne pas être entendue. Les cœurs, comme les corps, sont séparés. L'amour a rendez-vous dans cette maison qui porte l'enseigne *Au malheur des dames*. «Quand je me trouve en face d'un homme, dit cette belle égarée dans *Chronique d'Asakusa*, je me sens tout de suite détendue... Je n'ai même plus besoin de faire des projets. Finalement, même une femme qui va manger seule ne se repose pas. Le somnifère de la vie, c'est l'homme... Lorsqu'on vit l'amour, la nuit, les larmes apparaissent, et s'il arrive qu'elles ne coulent pas le matin, c'est pour la femme un signe d'indépendance.» Les belles de Kawabata sont, à l'image du Japon, d'une «tristesse immémoriale». Épouses ou prostituées, délaissées, bafouées, frustrées, frigides, elles sont des marionnettes qui ne s'animent que sous l'aiguillon de la mort. Elles attendent de l'homme qu'il les sauve et les trahisse. Le corps des jeunes filles entraîne l'homme dans le «monde des démons», mais c'est dans l'amour de l'homme que les femmes se découvrent en exil, entourées «d'un nimbe invisible de désespérance et de perdition».

Dans les quatre textes de jeunesse écrits entre 1926 et 1931, qui constituent le recueil *Les Servantes d'auberge*, Kawabata le débutant s'essaie à la pose de l'écrivain. Il fait l'inventaire de sa culture occidentale et de ses perversions sexuelles, de son érudition et de ses goûts macabres. La femme, déjà, y apparaît sous les visages qu'on retrouvera dans les textes de la maturité: elle est l'épouse (frigide, connaissant par cœur le «manuel de bonne conduite»), elle est la geisha (dont la beauté naît de la précocité du désir de se vendre), elle est un cadavre affriolant (les héros de Kawabata ne se déferont jamais de ce goût pour les «petites jeunes filles aux idées de mort»), elle est la folle (Akutagawa n'avait-il pas vanté la séduction des femmes qui prétendent ne posséder aucune conscience morale, mais seulement des nerfs?...)

Le jeune Kawabata virevolte, fait des gammes, passe de l'écriture expérimentale à l'intrigue policière, du roman de mœurs au scénario pour film-poème. La gratuité n'est qu'apparente, elle cache une violence, une sauvagerie qui se découvriront avec plus de sobriété dans les textes de l'âge mûr. Nous sommes déjà au «Pays de neige». Mais la blancheur ici est celle des salles de dissection, des cellules de fou. Kawabata pose sur le monde un regard qui est moins celui d'un voyeur que celui d'un observateur: le jeune écrivain observe et *garde sa force*. Il se penche sur les femmes comme un chercheur se penche sur son microscope pour comparer les membranes, posées sur une plaque de verre, d'une femme ménopausée et celles d'une vierge.

(Suite au verso.)

Suivre une femme, lui faire violence, l'épouser, ce ne sont que les trois faces d'un même désir : tuer la femme. Les héros de Kawabata ne trouvent leur bonheur que dans le meurtre de l'amante. Dans *Les Servantes d'auberge*, un étudiant se fait passer pour le compagnon d'une morte, avant d'épouser la sœur agonisante de cette dernière. Dans le premier récit, un généticien offre à sa femme un chien, sur lequel il a prélevé des parties de cellules reproductrices, et qui donc est condamné à mourir lentement sous les yeux de sa maîtresse. Le plus bel exemple est offert par l'homme de la dernière nouvelle, qui devient employé dans l'asile psychiatrique où sa femme est internée. Ces « pourvoyeurs de cadavres » ne sont que la préfiguration des quelques personnages qui apparaîtront dans les œuvres ultérieures, ces hommes qui accomplissent un crime symbolique en obligeant leur femme à avorter (*Le Grondement de la montagne*), qui portent un amour maladif à des femmes suicidaires se complaisant dans le sentiment de leur culpabilité (*Nuée d'oiseaux blancs*), ou encore ces vieillards qui s'allongent aux côtés de belles endormies et se demandent s'ils vont leur faire violence ou les étrangler pendant leur sommeil... Un cinéaste japonais disait que tout le malheur vient de ce qu'on ne torture plus assez les femmes : « Réduisez-les en miettes dès le début, c'est de loin la meilleure méthode ! » À cela s'emploient, avec une élégance mathématique, les tortionnaires désœuvrés de Kawabata.

Linda Lê

YASUNARI KAWABATA
Prix Nobel de Littérature 1968

Les Servantes d'auberge

TRADUIT DU JAPONAIS PAR SUZANNE ROSSET

Préface de Bunkichi Fujimori

ALBIN MICHEL

Paru dans Le Livre de Poche :

LES BELLES ENDORMIES.

CHRONIQUE D'ASAKUSA.

LA DANSEUSE D'IZU.

LE GRONDEMENT DE LA MONTAGNE.

KYÔTO.

LE LAC.

LE MAÎTRE OU LE TOURNOI DE GO.

PAYS DE NEIGE.

RÉCITS DE LA PAUME DE LA MAIN.

TRISTESSE ET BEAUTÉ.

ROMANS ET NOUVELLES
(La Pochothèque)

Édition originale japonaise :

Onsen yado (Les Servantes d'auberge)
Suishô gensô (Illusions de cristal)
Shitaï shôkai-nin (Le Pourvoyeur de cadavres)
in KAWABATA YASUNARI ZENSHU
(*Œuvres complètes,* vol. 3)

Kurutta ippêji (Une page folle)
in KAWABATA YASUNARI ZENSHU
(*Œuvres complètes,* vol. 2)

Préface

Ce volume présente trois nouvelles et un scénario qui marquent l'une des étapes les plus significatives de la formation du génie de Kawabata (Kawabata Yasunari, 1899-1972, Prix Nobel de littérature 1968). A ce titre, ce recueil mérite une place à part parmi ses œuvres traduites en Occident.

Les quatre écrits s'échelonnent de 1926 à 1931. C'est une période qui précède de quelques années le début de la prépublication de Pays de neige (Yukiguni, *1935-1948*), *roman le plus connu de Kawabata et l'un des chefs-d'œuvre de la littérature japonaise contemporaine. Ils suivent de très près la version définitive de* La Danseuse d'Izu (Izu no odoriko, *1926*), *nouvelle avec laquelle le jeune auteur accède à la célébrité.*

Une lecture attentive de cet ensemble devrait donc permettre au lecteur de suivre le chemin parcouru par l'écrivain avant son apogée, d'entrevoir l'extraordinaire diversité de ses créations, et, enfin, de découvrir la clé permettant de comprendre le fondement de sa technique romanesque.

Les trois nouvelles sont très différentes les unes des autres. A première vue, elles paraissent hétérogènes, avec une facture apparemment étrangère à celle des œuvres les plus connues de ce grand écrivain japonais.

En effet, ces écrits datent de la période où Kawabata est

considéré, avec son ami Yokomitsu Toshikazu (1898-1947), comme l'un des chefs de file d'une tendance d'avant-garde connue sous le nom de l'École des sensations nouvelles (Shinkankaku-ha).

Kawabata déborde d'activités, bouillonne d'idées, toujours à l'affût du nouveau.

En 1924, il prend des initiatives pour la fondation de Bungei jidai (L'Époque de la littérature), *revue littéraire qui réunit quatorze jeunes écrivains animés du désir de créer quelque chose de résolument nouveau. Le premier numéro contient une déclaration des fondateurs, rédigée par Kawabata lui-même :*

« Le destin de ceux qui pensent au futur est d'abandonner le passé et de renoncer au présent. »

Ce mouvement, ainsi lancé, et rejoint par quelques autres auteurs, se veut une antithèse de toutes les tendances classiques, ainsi que de la jeune littérature dite prolétarienne.

La revue Bungei jidai *devient ainsi un vrai creuset pour toutes sortes de créations expérimentales. Son inséparable compagnon, Yokomitsu, en particulier, tente des innovations hardies sur le plan stylistique, en poussant l'expressivité de la langue japonaise jusqu'à ses limites.*

Kawabata publie de son côté, dans le numéro de décembre 1924, un ensemble de récits qui surprennent par leur brièveté. Chacun de ces fragments présente, dans une concision extrême, une histoire qui aurait pu fournir le sujet à un vrai roman.

Son premier livre, paru en 1926, est le recueil de ces « romans miniatures », auparavant publiés dans différentes revues depuis 1923. Le volume porte le titre Kanjô sôshoku, *avec, sur la couverture, une traduction littérale en français « Décoration du sentiment »* (sic).

Il manifeste un attachement particulier pour cette forme minimale de récit qu'il a inaugurée, et il continuera jusqu'en 1950 à publier ce type de créations — d'une à quelques pages — qui seront réunies dans plusieurs recueils postérieurs édités sous le titre Tenohira no shôsetsu *(littéralement « romans qui se tiennent dans le creux de la main »).*

C'est une formule très souple qui permet à l'écrivain de consigner tel quel tout ce qui pourrait constituer matière première à une création littéraire plus complète. Chaque récit pourrait passer pour une nouvelle simplement courte, mais, le plus souvent, il s'agit d'un épisode qui suggère un arrière-plan beaucoup plus vaste et complexe. Quelquefois, c'est l'esquisse rapide de toute une intrigue, ayant l'apparence du plan d'un long roman. Parfois, c'est un refrain développé autour d'une idée, d'un thème, d'une image, ou même d'un simple mot.

Pour le Kawabata de l'époque des « sensations nouvelles », cette forme constitue un véritable laboratoire où il peut mener des expériences littéraires de toutes sortes.

En 1926, son ami Yokomitsu le présente au réalisateur Kinugasa Teinosuke (1896-1982), qui ambitionne de faire un « film artistique insolite, sortant de l'ordinaire. » Ils décident de faire appel aux autres associés de Bungei jidai *pour collaborer à la réalisation. La presse annonce la création d'une « Association cinématographique de l'École des sensations nouvelles ».*

Cependant, l'imagination manque, et surtout les talents et la persévérance. Finalement, c'est Kawabata qui se charge seul de l'élaboration du scénario, en développant à sa manière une idée de Kinugasa, qui consiste à décrire l'hôpital psychiatrique de Matsuzawa, un endroit de funeste renom à l'époque.

*C'est ainsi qu'*Une page folle (Kurutta ippêji, *1926) voit le jour. Évitant le terme de scénario, Kawabata qualifie l'œuvre de « composition littéraire destinée à l'Association des cinéastes appartenant au groupe des sensations nouvelles ». Une telle définition ne laisse-t-elle pas entendre que l'auteur préfère concéder aux professionnels l'entière liberté d'adapter son écrit ? S'agit-il d'un geste de modestie de sa part ?*

Pourtant, cette « composition littéraire » laisse deviner, chez l'auteur, une connaissance approfondie des techniques *cinématographiques. Ici, Kawabata ne se préoccupe guère de la qualité « littéraire » de sa « composition », comme le ferait n'importe quel écrivain de métier. Bien au contraire, il adopte la démarche d'un bon professionnel du scénario, qui écrit en fonction des besoins réels de mise en scène du cinéma, conçu comme un art autonome au sens propre, indépendant de la littérature.*

On peut très bien imaginer les difficultés redoutables qu'éprouve un pur littéraire comme Kawabata à travailler pour un autre art. Or, il fait ici preuve d'une étrange faculté à se mettre entièrement au service du réalisateur du film, à lui fournir les matières premières nécessaires tout en prenant bien soin de ne pas étouffer pour autant l'imagination du cinéaste. Tout cela dénote une véritable culture cinématographique.

En effet, quand on examine le processus de création de Kawabata, on peut découvrir que la technique d'enchaînement des séquences descriptives dans ses romans est bel et bien celle du cinéma.

Dans un film, le créateur peut se permettre de passer librement d'une scène à l'autre, d'une idée à l'autre ou d'un temps à l'autre. Il peut aussi, selon les besoins de l'expression, changer d'optique, de style ou de nature même des séquences au beau milieu du film, sans choquer le spectateur. Or, c'est exactement ce type de démarche que l'on retrouve dans les écrits de Kawabata.

Observateur inné, il ne manque jamais de saisir au vif ce qui l'entoure, de détailler tout ce qu'il trouve de significatif, d'insolite ou de symbolique, avec l'acuité et le recul de l'objectif de la caméra.

Cette acuité, que l'on peut qualifier d'inhumaine et de terrifiante — justement parce qu'elle est comparable, au sens matériel, à celle d'un objectif de haute définition — permet de conférer une dimension nouvelle à l'objet décrit, même quand cet objet n'a rien d'extraordinaire en soi, à première vue.

La succession des séquences ainsi constituées est déterminée par une démarche essentiellement intuitive, guidée par la présence d'un fil conducteur qui reste peu visible, strictement personnel, et essentiellement interne, car ce fil est tissé dans le langage intime de la sensibilité à l'état pur.

Kawabata n'hésite pas à passer d'une chose à l'autre en recourant aux associations d'idées les plus inattendues, dans la mesure où il y a cohérence dans son optique ou du point de vue du personnage qu'il est en train de faire évoluer.

Les réminiscences vont et viennent à la manière de thèmes musicaux, et les séquences volent et défilent au rythme des films modernes, en défiant le temps et l'espace.

Et pourtant, pour quiconque sait suivre ce rythme et sentir le souffle qui l'anime, ces « sautes » ne sont jamais absurdes, et restent toujours aussi accessibles que dans une œuvre classique.

Mais un autre aspect fait encore penser au cinéma.

Pour la quasi-totalité de ses œuvres majeures, il rédige d'abord des fragments, souvent minuscules, qu'il publie séparément, parfois à des périodes différentes et dans des revues différentes.

Chaque partie, prise isolément, a l'apparence d'une anecdote ou d'une esquisse, dans une forme qui fait penser, toutes proportions gardées, à ces « romans miniatures » chers à l'écrivain.

Or, quand ces fragments sont réunis en volume, le lecteur découvre, avec émerveillement, une œuvre romanesque structurée avec une logique interne solide. Chaque anecdote, chaque esquisse prend sa place dans le fil conducteur, qui trouve une unité majestueuse constituée grâce à l'extraordinaire sensibilité de l'auteur.

En dernière analyse, n'est-il pas permis de penser que cet écrivain travaille à la manière d'un réalisateur, qui crée son film par montage de différentes séquences ?

Chez Kawabata, chaque fragment correspond en fait à un segment d'un grand film. L'auteur ne suit donc pas nécessairement l'ordre chronologique externe pour la rédaction de ces sous-ensembles, qu'il peut remanier selon les besoins du montage final.

Il peut concevoir chaque morceau selon son inspiration, son humeur du moment, parfois sans savoir où l'intégrer, et, à la limite, sans avoir établi de plan d'ensemble. En fin de compte, n'est-ce pas une façon bien à lui de donner à chaque instant le meilleur de lui-même ?

Ainsi, tout en adoptant une démarche de type cinématographique, il conserve en plus une liberté de romancier, atout inhérent à un travail individuel et solitaire.

*Dans une telle hypothèse, l'expérience d'*Une page folle *revêt une signification toute particulière dans la formation des techniques romanesques du futur Prix Nobel de littérature.*

Le jeune écrivain mène encore d'autres expériences de rénovation des techniques. Les nouvelles réunies dans le présent volume fournissent, par leur diversité même, des témoignages éloquents de cette recherche systématique des nouveautés. Elles peuvent surprendre beaucoup de lecteurs qui connaissent bien le style habituel de Kawabata.

Il ne dédaigne pas d'adopter parfois la démarche de certains romans policiers, qui recourent essentiellement aux effets d'inattendu. Les rebondissements, les quiproquos abondent dans Le Pourvoyeur de cadavres (Shitai shôkainin, *1929-1930*), *dont le titre, déjà, suggère un arrière-fond d'humour noir, en laissant prévoir une exploitation systématique d'un thème macabre.*

C'est un défi lancé aux critiques littéraires japonais qui affichent d'emblée un mépris profond pour ce genre de ressorts, qu'ils jugent indignes de la « grande littérature ».

Pour le jeune Kawabata, une œuvre d'avant-garde n'a pas besoin d'être ennuyeuse. On peut être rénovateur tout en adoptant des moyens, considérés trop souvent comme des solutions de facilité, pour tenir le lecteur en haleine. Dans ce domaine, Kawabata ne repousse pas le trop classique « souci de plaire ».

Et, pourtant, il ne tombe pas pour autant dans le piège du conventionnalisme au sens courant. Pour tout lecteur sans préjugés, ce récit apparaît avec une originalité qui annonce déjà la manière future de Kawabata. Dépecez Les Belles endormies (Nemureru bijo, *1960-1961) jusqu'à ce qu'elles soient réduites en squelette et en cendres, émiettez le décor et toute la carcasse, et vous obtiendrez* Le Pourvoyeur de cadavres. *Bénis soient ceux capables d'éclater de rire en lisant les passages les plus lugubres de cette nouvelle, ce petit péché de jeunesse du grand écrivain !*

Il s'inspire aussi des techniques du « roman de mœurs », considéré à tort ou à raison comme un genre mineur. Les Servantes d'auberge (Onsen yado, *1929-1930), décrivent les vicissitudes de la vie des femmes qui travaillent dans une petite station thermale.*

C'est un coin perdu dans la montagne, très peu fréquenté à l'époque, situé dans la péninsule d'Izu au sud-ouest de Tōkyō, à un peu plus de cent kilomètres — c'est aussi un endroit immortalisé pour avoir fourni le cadre de La Danseuse d'Izu.

L'écrivain y séjourne souvent à l'époque des « sensations nouvelles ». Il peut ainsi travailler à l'écart des tumultes de la grande ville et, au fil des loisirs, redécouvrir cet endroit qui, pour lui, est déjà un vieux souvenir.

Avec son sens aigu de l'observation, cet écrivain contemple, tel un étranger solitaire, les servantes de l'auberge thermale qui évoluent autour de lui. Avec une curiosité sans limites, il s'intéresse à leur condition, à différents épisodes de leur vie et retient chaque détail qui lui paraît nouveau, étrange ou surprenant. Cependant, à la manière qui lui est propre, il crée les effets d'insolite selon les besoins de la fiction, et modifie l'éclairage de l'ensemble, lequel devient méconnaissable tout en serrant de près la réalité observée...

C'est ainsi que, dans la scène de début de cette nouvelle, les nudités dépeintes font penser à un tableau de Rubens, mais sans cette luminosité diurne remplacée ici par l'obscure lueur de la nuit, tamisée par la valeur que dégage la source chaude.

L'exubérance, les excentricités, mais aussi les souffrances, qui caractérisent la vie de ces femmes, offrent un étrange contraste avec la poésie paisible du paysage d'Izu, aux couleurs changeantes selon la saison. C'est pourtant cette évolution de la nature et du temps qui fournit le seul fil conducteur central à cet enchevêtrement d'intrigues — séquences qui paraissent hétérogènes, que Kawabata fait défiler à une allure d'autant plus déconcertante que les changements de personnage s'accompagnent de fréquentes remontées dans le passé de chacun.

Or, l'écrivain ne fait que dérouler les trois parties de son récit à la manière de certaines œuvres de la peinture japonaise classique en rouleaux, qui évoquent une longue histoire sous forme de successions d'images.

Il semble évident que l'auteur présente ici volontairement la vie de ces jeunes femmes dans un procédé narratif qui ne suppose pas de personnage central unique — c'est chacune de ces servantes qui le devient à tour de rôle.

Cette particularité mérite d'être soulignée, car les autres œuvres représentatives de Kawabata sont caractérisées par l'absence totale de véritable tableau collectif.

C'est avant tout une question d'optique. Dans ses œuvres majeures, Kawabata fait aussi évoluer plusieurs personnages, mais tout se décrit à travers le regard d'un seul héros, réduit paradoxalement à un rôle d'observateur passif. Le « moi » de ce dernier reste le plus souvent invisible, caché sous l'apparence d'une narration objective à la troisième personne, avec une méthode descriptive qui semble relever d'un classicisme éprouvé.

Et cependant, de la première à la dernière ligne, il n'est pas une phrase qui n'ait traversé le filtre de la sensibilité de ce personnage central. En dernière analyse, il représente au second degré l'optique de l'auteur lui-même, en assumant somme toute une fonction comparable à celle de la caméra.

L'apparent classicisme, qui se manifeste dans les « grands » romans de Kawabata, cache donc une méthode de description assez originale et résolument moderne — le personnage central, tout en étant présent dans le récit, n'est jamais filmé lui-même, comme il arrive dans certaines réalisations d'avant-garde.

En ce sens, dans Les Servantes d'auberge, *la caméra reste à l'extérieur, en position normale. Il est donc permis de penser que Kawabata expérimente ici l'inverse de sa technique romanesque habituelle.*

C'est dans un tel contexte de recherches stylistiques que l'on peut mieux saisir la portée des étranges Illusions de cristal (Suishô gensô, *1931), qui couronnent l'aboutissement de la quête des « sensations nouvelles » de Kawabata.*

Ici, il n'hésite pas à jongler avec les mots et les tournures, en introduisant à dessein des termes techniques et des concepts scientifiques tout à fait nouveaux à l'époque, comme les manifestations génétiques, qui paraissaient alors ésotériques pour le lecteur.

C'est d'une façon délibérée qu'il recourt aux associations d'idées insolites et excentriques, en jouant avec des images hétérogènes qu'il fait défiler à un rythme vertigineux.

Il sait que son public ne suivra pas un tel rythme, ne comprendra pas une telle forme de narration, puisque c'est lui-même qui a voulu qu'il en soit ainsi. Mais il sait aussi que ce même public saura saisir le sens global *de la profonde mélancolie qui caractérise l'héroïne — cette tristesse inqualifiable que toute femme endurcie dans la solitude de la vie à deux, incomprise et délaissée sans l'être extérieurement.*

C'est une souffrance qui dépasse tout qualificatif, d'autant plus redoutable dans la condition d'oisiveté forcée par une apparente aisance matérielle. Que pourrait-elle donc faire, cette jeune femme enfermée dans une prison dorée à la Kafka d'où elle ne sortira jamais ?

Les mots et les idées avec lesquels elle semble jouer sont en réalité autant de cris de douleurs.

Bunkichi FUJIMORI

Illusions de cristal

Quand Madame se trouvait face à son miroir, Play-Boy ne manquait jamais de sauter sur la table de la coiffeuse. Là, assis sur un coussin, il tendait son petit cou, et, fasciné, la regardait se farder. Il attendait comme une fillette bavarde et impatiente d'être maquillée à son tour. Non seulement il savait très bien qu'on allait le pomponner, mais il pouvait se rendre compte aussi, d'après le soin apporté à son toilettage, du jour où il serait accouplé.

Dans le miroir à trois faces de Madame, les objets se reflétaient en trois exemplaires, comme s'il y avait eu, en fait, trois miroirs. Ce que reflétait le volet gauche était la verrière de la véranda qui ressemblait à celle d'une serre remplie de plantes, mais là, il s'agissait plutôt d'une sorte de cage avec des petits animaux.

« Regarde ! Placé ici, ce miroir n'est en aucune façon un luxe pour moi. Je peux voir s'y refléter les semences du jardin et les œufs des oiseaux ! » C'est ce que dit Madame lorsqu'on lui livra du grand magasin la coiffeuse de style occidental. Mais en réalité, tout ce qu'elle voyait directement dans le miroir, alors qu'elle s'empressait à faire du charme à son mari, ce n'était que la verrière du toit qui ressemblait à celle d'une serre. Tout couple digne de ce nom échange des mots tendres qui, malgré leur tendresse, ne peuvent paraître qu'étranges à autrui, et il en oublie le sens tragique qui peut y être contenu, de même que diverses plaisanteries ou mots d'esprit peuvent être l'expression de quelque drame humain. Mais Madame était de celles qui ne s'attardaient pas à la bizarrerie de ses paroles, et si elle s'était exclamée en disant « ah ! quel ciel bleu ! » sans faire attention, c'était parce qu'elle avait été profondément émue et fascinée par le bleu du ciel qui se reflétait dans le miroir (un petit oiseau tombant du ciel d'azur comme un caillou argenté, un bateau à voiles filant comme une flèche métallique et disparaissant dans l'océan, un poisson se faufilant dans l'eau du lac, semblable à une aiguille d'argent). Madame voyait en clignant des yeux toutes ces choses, à vrai dire invisibles, et ressentait sur sa peau le froid des écailles du poisson, parce qu'elle avait été émue comme si elle avait aperçu pour la première fois le ciel bleu, mais son étonnement était analogue à un sentiment de solitude nostalgique. En fait, si l'on considère que, depuis les temps anciens, le ciel bleu... l'océan... un lac... sont les éléments les plus évidents capables de susciter sur-le-champ une émotion humaine, la tristesse viscérale qu'éprouvait Madame n'était autre que le vide absolu que creusait dans son cœur l'image de la verrière reflétée dans le miroir.

De cela, à vrai dire, Madame, tenant le pan gauche de son miroir à trois faces, était parfaitement inconsciente.

« Ici, me semble-t-il, dit Monsieur, ce n'est pas l'endroit idéal pour cette coiffeuse. Après tout, un objet luxueux se doit de donner une impression de luxe n'importe où. C'est pour chasser la science de notre chambre à coucher que je me suis empressé d'acheter ce meuble décoratif qui, assurément, n'est pas un objet d'homme de science. Il ne sera plus nécessaire de voir le profil de ma femme en train de se farder, se refléter en même temps que la cage pour mes expériences scientifiques.

— Mais quand tu me montres un fœtus au microscope, par exemple, je suis éblouie par les motifs magnifiquement colorés, et, dans les transformations de l'œuf fécondé, je vois la main de Dieu. Quel privilège pour moi d'avoir pu observer, grâce à toi, les vers que Play-Boy a dans le ventre, ces vers détestables enfermés dans d'aussi belles cellules.

— Tu dis ça, cependant, quand j'y pense, quelque chose ne va pas ! En vérité, tu n'as pas envie que ce miroir soit placé là. Tu as bien essayé de l'y mettre, mais quand tu as vu qu'il réfléchissait la cage du jardin, tu as été surprise et tu as saisi de ta main le panneau gauche.

— Ah ! dit Madame qui venait seulement de remarquer sa main. (Ah ! qu'elle est belle, ma main ! Mains de gynécologue lavées plus de dix fois par jour, mains de noble Romaine aux ongles peints en or. Arc-en-ciel. Sous l'arc-en-ciel, une petite rivière dans un champ verdoyant.)

... Ce n'est rien... je regardais seulement le ciel dans le miroir. Quand il s'y reflète de façon aussi belle, mon visage est plus joli que nature. C'est un miroir embellissant.

— Le ciel ? C'est bien le ciel que tu cherchais à voir quand tu regardais la verrière ? Ce miroir à trois faces est comme un triptyque de la déesse Kannon. Si l'image est mauvaise, on peut fermer les panneaux. Surtout, ne te gêne pas pour moi.

— Quelle horreur ! Alors, les miroirs aideraient-ils les hommes à devenir psychologues ?

— Je crois qu'il y avait une chanson autrefois qui parlait de ça et que l'on chantait en chœur à l'école.

— Mais la psychologie pratiquée par un homme de science est bien plus subtile qu'un miroir de coiffeuse. Quel rapport peut-il bien y avoir entre ta science et l'âme féminine ?

— Un rapport très étroit. C'est expliqué à la page médicale de la *Revue des femmes*. L'orgasme féminin comporte une jouissance psychique. »

Madame regardait dans le miroir ses joues démaquillées (une pipette servant à la fécondation artificielle, des préservatifs, une moustiquaire blanche comme un filet à papillons pendant au-dessus du lit, les lunettes de myope de son époux qu'elle avait brisées en marchant dessus le soir de leurs noces, la salle de consultation de son père qui était gynécologue). Madame secoua la tête comme si elle voulait se libérer d'une chaîne de verre qui l'enserrait (préparations de sperme et d'ovules de toutes sortes d'animaux tombés sur le plancher, lames et lamelles d'observation brisées dans un bruit de verre éclaté, débris diffusant comme une lumière solaire). Sans aller jusqu'à attribuer à de la tristesse la pâleur des joues de Madame, qui aurait dû rougir aux paroles de son mari, on en venait à se demander si ces joues diaphanes n'étaient pas dues plutôt à la mélancolie inhérente au miroir.

« Ah ! cette chose qu'on appelle amour !

— Cette chose qu'on appelle amour ! répéta Madame en faisant écho aux paroles de son mari... Mais tu m'as bien dit qu'en amour, l'orgasme n'accompagnait pas nécessairement la fécondation. (Pipette, pipette, pipette, c'est le bruit cinglant que fait le fouet pour dresser mon chien quand je l'agite. Forceps de Museux.)

... En Allemagne, je crois, cent vingt-sept femmes ont été fécondées artificiellement, et cinquante-deux d'entre elles, seulement, sont devenues mères. Un taux de quarante et un pour cent, mauvais comparé à celui des vaches ou des juments. Il y a encore une chose dont j'ai entendu parler. Une nonne catholique qui s'est trouvée enceinte au fond de son couvent. Difforme, elle avait pris le voile et n'avait jamais vu le visage d'un homme.

— C'est pourquoi nous, non plus, ne perdons pas espoir.

— A propos d'espoir... moi, les pipettes, je peux bien en parler par expérience. Ne serait-ce pas bien si on pouvait trouver un moyen de faire naître un enfant en dehors de l'utérus ? Un généticien devrait mourir sans enfant, tout en rêvant à celui d'un père que le sang de la mère n'aurait pas taché et qui serait né dans la pureté. Ce serait alors la lutte entre Dieu et l'homme !

— Et toi, c'est avec le miroir que tu luttes, n'est-ce pas ? C'est dans cette glace que tu découvres ma science. De nos jours, on va même jusqu'à se servir de rouge à joues et de poudre pour le visage pour élaborer une science du maquillage.

— Tu as raison. Quand tu dis ça, c'est parce que tu cherches ce que tu appelles "amour" dans cette poudre et ce rouge. Obliger sa propre femme à avoir un enfant, c'est un triste recul pour la génétique. Si le mariage doit contribuer à affaiblir la toute-puissance de ta science, il eût mieux valu ne pas m'acheter ce miroir.

— Bien sûr. Notre amour est né dans un laboratoire d'expérimentations génétiques. Tu sembles avoir cru que la science appelée "génétique" avait une force redoutable, inexprimable avec des mots comme puissance de création divine, ou force de destruction démoniaque. Et c'est pourquoi tu m'as aimé moi qui suis généticien. Mais ton amour a été de la haine. C'est ce que je pense maintenant. La mère qui est dans toute femme s'en est prise à la génétique, et celui des deux qui désire maintenant un enfant, ce n'est pas moi, c'est toi, mais tu te plais à renverser les rôles. Justement, c'est très bien comme ça. Tu te mets petit à petit à voir les choses du point de vue d'un généticien, et moi, j'essaye de les voir du point de vue d'une mère. C'est ça le mariage. N'est-ce pas là la marque du compromis d'un couple qui s'entend trop bien ?

— Eh oui ! »

Madame contempla la jolie couleur rose de ses joues dans le miroir du milieu. (La grande boutique blanche et nette du coiffeur. La table de manucure. Le gynécologue qui se fait polir les ongles par une jeune fille dont la peau luit comme les dents d'un animal.) Madame se souvenait de tout ça et nageait dans la tiède béatitude que dégageait le rose de ses joues. (Belles fesses d'adolescents ondoyant dans l'eau transparente. Adolescents qui nagent comme des grenouilles.) Monsieur sortit de la pièce. (Le maître passe le long de la rive et dit : « Comme vous avez de mauvaises manières... vous les jeunes qui nagez nus ensemble... » Une belle adolescente atteint la rive et se dresse tout droit dans l'herbe, les fesses au soleil : « Maître, nous n'avons pas de vêtements, comment peut-on savoir qui est une fille ou qui est un garçon ? ») Madame se regarda dans le miroir comme si elle était une timide jeune fille. Elle se croyait une jeune fille, une jeune fille comme celle-là. (Cette adolescente qui a fait sourire le maître est vraiment une enfant très sage. La salle d'auscultations de son père qui était obstétricien. L'émail blanc de la table d'opération. Sur le ventre, une énorme, énorme grenouille. Les portes de la salle de consultations. L'émail blanc des poignées. Dans la pièce aux portes à poignées en émail blanc, il y a un secret. C'est ce que je sens, maintenant encore. Le lavabo en émail. Elle s'apprête soudain à toucher la poignée en émail blanc, puis hésite. La pièce a plusieurs portes, ici et là. Les rideaux blancs. Un matin, au cours d'un voyage d'étude avec l'école des filles, elle avait regardé une camarade de classe se laver le visage dans un lavabo en émail blanc, et elle avait eu envie de l'aimer comme un garçon. Le coiffeur et sa blouse blanche qu'elle voyait juste au-dessus d'elle, alors que, petite fille, on l'avait fait asseoir sur le fauteuil pour raser le duvet de son visage. La serviette. Non, cela n'a jamais pu arriver que notre maître soit passé le long de la rive pendant que nous nagions. Assurément, c'est écrit dans quelque livre. Je me demande si on voit des arcs-en-ciel à Tōkyō. Et dans le miroir, donc ? Toute jeune, elle se tenait juste en dessous de l'arc-en-ciel au bord de la rivière. Dans le courant, de petits poissons comme des aiguilles d'argent. Le vent d'automne. Comme elle les trouvait solitaires, ces poissons, quand elle était petite. Les hommes d'autrefois croyaient que les rats naissaient dans le Nil, que la rosée imprégnée dans l'herbe était la mère des insectes, et que le soleil étincelant dans la boue du fleuve avait fabriqué les crapauds. Neige. Cire. Feu. Terre pourrie. Aristote, le Grec, connaissait déjà parfaitement la parthénogenèse. L'abeille mâle naît d'un œuf non fécondé. Vol nuptial. Cérémonie nuptiale. Chant nuptial. Lit nuptial. Les lunettes de myope de son mari sur lesquelles elle avait marché avec ses pieds nus. Lit nuptial. Vol nuptial. L'habit de soie de l'ange. La pureté du messager céleste. Sainte Marie. La naissance de Jésus a été prouvée scientifiquement par les recherches d'un savant. Le cardinal a rendu visite au professeur Carl von Siebold et lui a dit : « Sainte Marie ! » La pureté catholique. Moi qui vénérais Marie avec tant d'amour dans l'église située sur le port de mon village natal, mais j'ai complètement oublié pourquoi je lui demandais pardon. Pompe, gravité, levier, balance, inertie, friction, l'horloge et son pendule, pompe. Ah là, là ! l'inscription au cours de sciences au troisième trimestre de la cinquième année d'école primaire. Sigmund Freud et la Croix. Mais la reine des abeilles ne s'accouple qu'une fois dans sa vie. Une seule fois, en dehors de sa ruche. En dehors de sa communauté. Une seule reine dans une ruche, mais cent abeilles mâles environ, et plus de vingt mille ouvrières. Bruit de leurs ailes un jour de printemps. Les frottements des roues du train. On entend « pipette, pipette ! » La moustiquaire blanche de l'hôtel. C'était l'été, non pas le printemps. Lune de miel. Petits oiseaux qui tombent du ciel comme des grains argentés. Dans les temps anciens, les hommes croyaient que la couleur du ciel se reflétait dans la mer. Le monde dont la teinte est celle du fond des océans, où, selon les scaphandriers, il n'y a ni rouge ni jaune, où les coquillages blancs sont bleus, et où la faune rouge paraît noire. Les profondeurs que transperce une lumière pourpre sont de six cents mètres en Méditerranée orientale, de cinq cents cinquante mètres dans la baie de Naples en Italie, et de quatre cents mètres dans la baie de Nice, en France. La plaque sensible posée profondément dans la mer pour mesurer la sensibilité à la lumière donne une impression de solitude. Plaque blanche d'environ trente centimètres de diamètre immergée dans l'eau pour en évaluer le degré de transparence. La table d'opération émaillée, noyée dans la lumière bleu océan du clair de lune. Pluie de flocons ronds, cadavres de micro-organismes descendant lentement au fond de la mer pour s'y noyer, comme les rayons de lune. Pluie de petites gouttes blanches comme des flocons de neige, cadavres légers et imperceptibles qui ne cessent de tomber dans un ciel renversé, jour et nuit, en silence. On sait que tous les cent ans, ces débris blancs s'accumulent en une couche d'environ trente centimètres sur les câbles électriques au fond de la mer, et ce sont ces restes organiques qui ont formé les falaises de craie blanche au sud de l'Angleterre. Le courant, au fil des temps. Craie blanche. Dessins de fleurs sur le tableau noir à l'école des filles. Femme à la destinée éphémère. Voile blanche à l'horizon. Cristallin de l'œil du poisson frit de l'hôtel. C'est triste, mais le poisson était terriblement myope. Instrument d'intervention de l'obstétricien en forme de fourchette. Les belles mailles d'un grand filet, comme celles d'une moustiquaire ou d'une résille, où sont accrochés les débris des micro-organismes. Jour de la couche nuptiale aussi fade que les lèvres ou la bouche du poisson. Oui, alors que je venais de me marier, un jour, plongée dans une profonde et soudaine nostalgie, je me promenais le long d'une colline qui, surplombant l'horizon, ressemblait, paraît-il, à la baie de Naples, je fus éveillée par le bruit des ailes d'une abeille. Vol nuptial. La reine vole à la recherche de l'hymen dans un ciel resplendissant. Une foule d'abeilles mâles la suivent. Un seul mâle sera aimé une seule fois par la reine. Cérémonie de fécondation par la reine. Elle procréera aussi bien des mâles que des femelles. Mâle ou femelle, cela dépend de l'alvéole où elle accouchera. Des femelles naîtront des œufs fécondés dans les alvéoles des travailleuses et de la reine, des mâles naîtront des œufs non fécondés, dans les alvéoles des abeilles mâles. Quand aucun apport séminal n'est transmis à l'œuf, il s'agit de parthénogenése. La bonellie, au moment de la reproduction, transmet par sa trompe les sécrétions qui vont masculiniser les larves vivant en parasites dans ses organes digestifs. Adorables et minuscules petits maîtres. Petites sangsues japonaises qui ne cessent de copuler toute l'année. Moitié mâles et moitié femelles par le corps, elles sont pour un tiers mâles et deux tiers femelles. Mites virevoltantes qui, de mâles deviennent femelles, et de femelles deviennent mâles. Tel est le cas de l'anguille aveugle et du salpa dont les jeunes mâles en grandissant deviennent femelles. Oh là ! Je voulais citer une métaphore que j'avais en tête et voilà que j'ai complètement oublié de le faire. Voyons ! une comparaison ? Le roman de Nakagawa Yôichi décrit très bien la beauté du vol du pigeon voyageur qui transporte le sperme de l'étalon. Vol nuptial. Noces aériennes. Mille neuf cent vingt-deux, cent mètres nage libre en cinquante-huit secondes six. Record mondial de Weissmuller. Mille neuf cent vingt-quatre, record féminin du Japon. Une minute vingt-cinq secondes et six dixièmes, par Nagaï Hanako. Ah ! l'époque où elle était petite fille, quelle nostalgie ! Trois mille six cents microns en une minute, voilà la vitesse de déplacement des spermatozoïdes de l'homme. Toutes proportions gardées, c'est la même vitesse que celle d'un nageur, athlète mondial de première catégorie. Javelots. Têtards. Ballons entourés de fils de soie. La Croix et Freud. A propos, ma comparaison ? Comme les symboles sont pathétiques ! Cristallin d'un œil de poisson myope. Boule de cristal. Verre. Devins orientaux d'Égypte, de Turquie ou de l'Inde qui regardent dans une grosse boule de cristal. Photo animée du passé et de l'avenir ondulant dans le microcosme du cristal. Chimères du cristal. Illusions du verre. Vent d'automne. Ciel. Océan. Miroir. Ah !... Bruit montant du miroir. Bruit silencieux. Pluie de corpuscules blancs, morts, tombant au fond de l'océan comme une neige silencieuse. Bruit instinctif de la mort qui se distille goutte à goutte dans le cœur de l'homme. Plaque sensible au fond de la mer. Miroir plongé dans les profondeurs et qui scintille comme une feuille d'argent. Je vois le miroir sombrant dans l'océan de mon cœur. Petite surface argentée, au loin, dans les rayons pâles de la lune, par une nuit de brume. Moi qui aime ce miroir, ne suis-je finalement devenue qu'un pitoyable reflet ?) Tandis qu'elle dessinait avec son bâton de rouge sa lèvre supérieure, Madame n'avait pas remarqué que le rouge pivoine faisait paraître ses joues très pâles. Si ce miroir avait changé sa façon de se farder, c'était parce qu'elle avait pensé (à cette théorie admise selon laquelle l'enfant né de la génétique était un enfant adultérin), mais, en vérité, si Madame avait eu une telle idée c'était parce que se cachait au plus profond de son cœur une autre pensée, effroyable, celle-là ! (pipette, pipette, Monsieur seul sait de quoi est fait le liquide qu'il injecte. Et si c'était une autre sécrétion animale ?... Serait-il possible qu'il y ait au monde, depuis l'Antiquité, une autre femme ainsi violée ?). Madame ferma alors en le claquant, comme si c'était un panneau de glace, le pan gauche du miroir qui reflétait la verrière du toit.

Mais elle ne changea pas la position de la coiffeuse.

« Tu aimes bien te farder, n'est-ce pas ?

— Oui ! Moi, je veux t'aimer comme une jeune fille. Comment me trouves-tu ?... plus jolie avant ou après que tu m'as acheté le miroir ?

— Quand une tragédienne se farde, il arrive parfois qu'elle ait l'air encore plus tragique.

— Mais, chez soi, ce n'est pas comme une scène de tragédie. Ce sont plutôt les coulisses, les coulisses du drame... » Madame parlait à tort et à travers, et ne trouvait plus la suite de ses mots.

« ...et puis cesse de me comparer à n'importe quoi !

— Justement, j'avais envie de dire que tu es comme un poète symboliste passé de mode. Tu prends un fragment de science et tu veux le mettre en mots pour en faire un refrain, mais la science ne peut servir de symbole aux remous de l'âme féminine.

— Mais il n'existe pas d'être assez insensible pour ignorer les symboles.

— Les femmes ne peuvent comprendre le sens profond d'un symbole. C'est la théorie affirmée par les savants. Pourtant, elles aiment bien composer une légère rengaine au sujet de la profession de leur mari !

— C'est comme ça ? Eh bien ! j'ai compris. Tu penses que les femmes oublient leur rengaine superficielle seulement quand elles se fardent, n'est-ce pas ? Voilà pourquoi tu m'as acheté ce miroir ! Avec les trois faces, on fait plus qu'oublier, et je me trouve réduite alors à rien du tout ! »

Voilà un exemple des mots qu'ils échangeaient devant le miroir, mais comme la coiffeuse, trop luxueuse dans un ménage de scientifiques, n'avait pas l'effet espéré par Monsieur, un jour, il dit sans en avoir l'air :

« C'est triste, une maison sans chien. J'aimerais bien en avoir un avec un pedigree.

— Pourtant tu m'as dit que comme nous n'avions pas d'enfant, cela me ferait frémir !

— Oui, mais un petit chien de salon très vif que l'on chouchoute beaucoup ?

— Un fox-terrier à poils durs. C'est un chien si à la mode en Europe et en Amérique que si l'on n'en est pas accompagnée, on n'est pas considérée comme une femme du monde ! On le tond à ras, et on lui essuie le museau après qu'il a mangé !

— C'est encore plus luxueux qu'un miroir à trois faces ! »

C'est ainsi qu'ils avaient acheté Play-Boy.

C'était un chien amené par un marin anglais. Un marchand de chiens de Yokohama, camarade de Monsieur, l'avait vu. Un aussi beau fox à poils durs n'avait pas encore été importé jusque-là. S'il n'avait pas connu un destinataire sûr, le marchand ne l'aurait pas pris.

Auparavant, ils avaient eu un petit chien qui était de la race des fox-terriers, mais le marchand disait vulgairement : « C'est un mâle à poils longs de la race des terriers du Japon dont la morphologie a été abâtardie. » Monsieur l'avait trouvé quelque part, et Madame avait passé trois mois sans savoir où ni quand son mari se l'était procuré.

A cette époque, Monsieur fréquentait les fourrières de chiens perdus qu'il utilisait pour ses expériences génétiques. Il avait prélevé dans les ventres de plus de deux cents chiens des parties de cellules reproductrices. Ce mignon petit terrier ne pouvant donc échapper à la mort, son mari voulut l'avoir pour lui.

Chez lui, Monsieur ne parlait jamais de ce qui concernait le laboratoire. Il avait interdit à Madame d'y entrer. Comme il n'y avait pas de salle pour la recherche génétique dans son université, il s'était installé dans un coin de la salle de dissection du laboratoire d'anatomie. Il disait que les spécimens de pathologie anatomique n'étaient pas des choses à voir pour les femmes. Madame ayant vaguement compris d'où pouvait venir le chien se mit à l'aimer.

Monsieur passait de nombreuses nuits dans son laboratoire. Parfois, tout étonné d'apercevoir la silhouette de sa femme, lui qui avait les yeux fatigués d'avoir regardé les cellules au microscope, il imitait, de la porte d'entrée, une danse de salon, sans retirer son chapeau, en mettant sa main sur l'épaule de sa femme après avoir jeté sa serviette. Il n'arrêtait pas de tourner en rond dans la maison. Le chien le poursuivait en aboyant, s'accrochant à ses talons et Monsieur trouvant ça amusant, se livrait à toutes sortes de gambades. Il entraînait sa femme dans des pas de plus en plus imprévus et parfois, tout en regardant le chien, faisait semblant de la battre. La bête changeait d'expression et aboyait. Quand Madame se faisait masser, il aboyait aussi après l'aveugle. Quand Monsieur rentrait le soir et prenait la route qui menait au quartier résidentiel, de tous côtés les chiens se mettaient à le suivre et à aboyer, car ses vêtements étaient imprégnés de l'odeur des cadavres de chiens. Le jour où il avait tué une femelle en chaleur, le terrier ne l'avait pas quitté, et s'était blotti sur ses genoux, contrairement à ses habitudes. Pendant les dix jours environ où Madame était allée aux sources d'eau chaude d'Ikaho, le chien refusant de manger avait terriblement maigri. Madame avait emmené la servante, et le chien, resté seul, se tapait contre les parois, fouinait partout dans la maison, mordait le futon dont il éparpillait le coton, et s'il avait une expression particulièrement triste et misérable, c'était parce qu'il avait fait ses besoins sur l'oreiller du lit où il avait l'habitude de dormir à côté de la tête de sa maîtresse. Quand il était installé là, elle lui faisait attaquer Monsieur qui n'était pas mécontent d'être supplanté par un chien. Cette rivalité entre mari et chien ravivait un sang jeune dans ses veines. Mais deux ans étaient à peine passés qu'il mourut subitement de filariose.

Le fox-terrier à poils durs qu'elle avait eu après était différent du terrier du Japon. Par son aspect extérieur, c'était un chien d'appartement de grande valeur, pour femme du monde. Les poils blancs et flous glissaient sur la peau de Madame, comme la barbe de son père quand elle était petite fille. Le marchand de chiens disait qu'au Japon on ne pouvait obtenir d'yeux aussi beaux que ça, purs et humides ourlés de paupières cernées de noir comme s'ils avaient été maquillés. Cependant Madame se souvenait des yeux des étrangers sur le port de son village. La façon de marcher du fox, avec ses pattes de devant rigides comme des échasses, avait l'air artificielle et maladroite, mais elle était comparable à l'allure au pas d'un magnifique cheval.

Le marchand de chiens lui avait promis qu'en un ou deux ans elle rentrerait dans ses fonds grâce a ce que lui rapporteraient les croisements, aussi quand elle reçut l'argent de la première séance elle fut pendant un moment frappée de stupeur et regarda longuement Play-Boy.

Lorsqu'elle entra dans le salon après avoir rajusté son obi, le marchand avait déjà passé un collier au cou du chien qui, dressé sur le sofa, fixait la chienne.

« Bonjour ! dit-elle, tout en pensant (oh là ! que cette fille est jeune !... un garçon. Elle a un visage de jeune garçon !).

— Quand la servante est venue nous servir le thé, répliqua le marchand, il avait déjà l'air de vouloir monter sur la chienne, mais j'ai pensé que tant que Madame n'était pas là, on ne pouvait pas commencer.

— Ah oui ?... (Noël)... excusez-moi... » (Les vêtements de la jeune fille sont d'un goût parfait. Elle semble avoir froid.) Madame alla allumer le poêle à gaz. (Le thé anglais a refroidi. Pourquoi la jeune fille reste-t-elle sans rien dire ? Vais-je suggérer au marchand d'aller faire un tour dans le jardin avec le chien ? Qu'est-ce que c'est que ce linge qui sèche ? Voulez-vous des gâteaux ? Mademoiselle pense peut-être que, comme elle a payé, il vaut mieux en finir le plus vite possible. Il ne fait pas froid. Vraiment, ces politesses n'ont pas de sens. Ce n'est pas un chien extraordinaire, mais, voyons... trouvons-lui quelques qualités. Ça fait bien longtemps que je n'ai pas attrapé la bonne pour sa façon de manipuler le gaz.) Madame penchée sur le poêle s'était redressée.

« Quand vous allez à Ginza, emmenez-vous votre chien ? (Oh là ! Ginza ?)

— Oui, quand je me promène à Ginza, il y a toujours deux ou trois personnes qui me demandent de quelle race il est. Cela m'a bien ennuyée car, au beau milieu de la rue, on m'a demandé de le vendre à un Occidental. »

(Moi, quand je me promène à Ginza, je crois bien que j'ai l'air de n'être plus très jeune. J'ai l'allure d'une femme qui ne sort pas beaucoup. Quand je marche à Ginza, je vois comme dans un rêve ma vie de femme au foyer. Je devrais sortir plus en ville.)

Madame avait regardé la jeune fille qui jetait un regard distrait sur le numéro de Noël de la revue *Nos chiens*.

« Mais venez donc un jour chez moi ! (Voilà qu'elle dit encore des choses étranges. Ce doit être la fille d'une famille très fortunée !)

— Je serai ravie de venir avec mon chien.

— Alors, puis-je vous inviter ? »

La jeune fille leva son visage rayonnant.

(Elle a vraiment des yeux de garçon. C'est une demoiselle bien élevée. Dois-je lui parler franchement ? Le marchand de chiens devrait le lui dire. Notre Play-Boy a une tête de type Barzoï, nouveau modèle anglais très racé. Celle du chien de la demoiselle est plutôt de type américain. Comme cette jeune fille a des manières distinguées !)

« C'est vraiment un terrier à poils durs... son pelage est si beau... et cette jolie blancheur !... on le toilette bien. Pour la tonte, utilisez-vous une tondeuse ? (Assis, ça peut aller... Cependant, on ne peut pas vraiment dire que sa silhouette soit remarquable.)

— Oui... ce sont des instruments de manucure, mais on y trouve toute une collection de ciseaux qui sont parfaits.

— Ah là là ! » (Manucure.) C'était comme si elle se souvenait d'un rêve surgi de quelque part (c'était des ciseaux, des instruments d'obstétricien. Ces gens-là ont de nombreux instruments du genre « ciseaux ». Pinces de manucure et pinces d'obstétrique de Nägeli en forme de ciseaux pour chercher la tête. Cerveau de foetus déchiré. Opération forceps. Ah ! et moi... Noël. Des yeux de jeune fille d'une beauté qui ignore le maquillage comme de vrais yeux de garçon. Les lunettes de myope de mon époux... et si la Vénus de Milo portait des lunettes de myope. Sur le port, à l'église catholique de mon village, vous, les personnes qui pleurez ceux que vous avez perdus, à quoi servent vos yeux agrandis par le fard et votre déguisement ? L'odeur des opérations d'obstétrique à l'hôpital de mon père).

« Pourriez-vous me montrer la chienne debout ? » (Hum !... maintenant, on peut lâcher Play-Boy) et Madame caressa la tête de son chien :

« Play-Boy !... voici ta fiancée japonaise ! »

Au moment où elle disait ça, le marchand lâcha la laisse qu'il tenait à la main et Play-Boy sauta du sofa pour aller rejoindre la chienne.

« Hé là ! Monsieur le marchand !... attrapez-le ! »

La clochette en argent du collier de Play-Boy tinta plusieurs fois bruyamment. La chienne de la jeune fille ne cessait de gémir.

Madame inclina légèrement la tête en baissant les yeux. (Ce n'est pas exprès... ce n'est pas exprès que j'ai cet air-là ! Oui, je sais... ça ne va pas... je devrais, au contraire, rester impassible. Mademoiselle... de quoi pourrais-je parler ?... manucure... la Française qui avait peint sur ses ongles le portrait de son amant. Que ce vendeur de chiens est silencieux. C'est pourtant son métier, non ?... Sur la surface d'une main d'homme d'un décimètre carré, quatre-vingt mille bactéries. Soixante-six microns, le chien, soixante-six microns. L'homme, soixante microns. La même chose que le chat. A quoi pourrais-je penser ? L'oreiller nuptial. Les lunettes de myope de mon époux piétinées par mes pieds nus. Mademoiselle.) Le tintement de la clochette finit par s'arrêter. (Les cloches de l'église sur le port de mon village natal. Noël. Pharisiens.)

« Noël va venir vite maintenant !

— Oui...

— Ce n'est vraiment pas très sérieux de ma part de me distraire avec le numéro de Noël d'une revue pour chiens, mais du temps où j'étais enfant... » (Elle ne savait pas la moindre chose au sujet de la jeune fille. Elle ne parlait pas non plus. Hymen. Les cloches des traîneaux dans la neige à Noël. Cette jeune fille est pure comme une adolescente. Puis-je regarder son visage ? Dans le lit nuptial... voilà, je me souviens. Play-Boy et la demoiselle. Ah ! j'ai compris. J'aime cette jeune fille. Play-Boy. On disait : « Elle a l'air d'un garçon ! » C'est ce qu'on disait quand j'étais enfant, que je ressemblais à un garçon. Belles adolescentes qui nageaient ensemble. Belles élèves des petites classes, du temps où j'étais à l'école des filles. Les cloches. La chorale. Le rythme du corps féminin. La nef de l'église sur le port de mon village. Nous devrions sortir de cette pièce, moi et la jeune fille. Après tout, on ne fait pas attention à ce qu'il s'y passe. Mais, c'est faux ! Moi, je fais attention depuis le début. Je fais comme si j'avais oublié de faire attention. La jeune fille comprend très bien. Je n'ai aucune envie de quitter cette pièce. Pourquoi donc ? Pourquoi donc ? Quelle joie si j'arrive à conquérir cette jeune fille ! Un homme. Une moustache noire. Des chaussures blanches. Ankylostomes installés dans les poumons de la grenouille. Bithynia. Bonellie. Les chromosomes selon le sexe dans le microscope de mon époux. La mite mahi-mahi. La reine Elizabeth. Un homme. Play-Boy. J'aime la jeune fille. Ce soir, j'irai à Ginza lui acheter des biscuits pour chiens. Play-Boy. C'est ça. Achetons des instruments de manucure avec cet argent mêlé à la génétique. Matériel d'obstétricien.)

La clochette du collier s'arrêta de tinter. Jouissance finale. (Endoscope.) A ces mots, Madame revoyait juste là, devant ses yeux, une ligne de son manuel d'anglais quand elle était à l'école (veille à son plaisir), la salle de classe, le professeur d'anglais, et sa silhouette à elle, debout, que le sens de cette phrase laissait perplexe. Le professeur qui l'avait obligée à se lever semblait regarder fixement le fard qui était son secret. (Cette ligne, elle s'en souvenait à cause de la sensation de malaise qu'elle avait éprouvée. Lui poser des questions sur l'apparence de son visage ? Moi ? Endoscope. Vais-je m'enquérir de son expression, de l'expression que cette jeune fille a sur son visage ? Pour ce qui est de mon fard, je me suis mis du rouge... non, je ne suis pas ivre... c'est le rouge vif du ventre d'un triton en période de chasse. Laver dans l'eau du fleuve salit la divinité de l'eau et celle du feu. L'enfer de la cuvette de sang. Le bruit de la clochette qui accompagnait les hymnes bouddhistes lorsqu'elle était enfant, à son village natal. Les supplications pour sauver une femme. Les cloches de l'église. Le son de la cloche, au crépuscule, qui descend du temple sur la montagne jusqu'à la mer. La cloche de l'école qui annonce la fin des cours. La clochette du collier du chien dont le tintement s'est arrêté avec la jouissance ultime. Sa jouissance et celle de son époux. Je comprends cette jeune fille comme si je la regardais à l'endoscope, cette jeune fille dont le visage n'est pas teinté de rouge. Femme. Miroir pour examen interne. Spéculum. Spéculum tubulaire. Verre foncé. Verre laiteux. Ivoire. Le pommeau en ivoire de la canne de son époux. La porte, à la clinique, tendue de gaze d'une poignée à l'autre afin d'éviter le bruit. Poignées en verre, magnifiques lèvres qui luisent comme une nuit d'automne. Le bruit de l'oxygène semblable à celui du poêle à gaz. Je regarde les lèvres de la jeune fille fixement, tandis que j'ajuste à sa bouche le bout en nickel du tuyau en caoutchouc noir. Bien qu'elle soit mourante et que des gouttes d'oxygène ourlent ses lèvres humides, elle a la beauté de l'adolescent. Essuyons ces lèvres avec un morceau de gaze. Oh ! pourvu que je n'aie pas de frère cadet mort, comme ça ! Je ne pourrais pas aimer non plus une jeune fille dans cet état. Il fait trop chaud dans la pièce. Le poêle à gaz fait le même bruit que l'inhalateur d'oxygène. Un bruit comme si on tapait avec des pincettes sur une mince plaque de nickel. Laver alors les objets pollués dans l'eau pure de la rivière. Le crachoir en nickel attaché au siège du dentiste. Dans une vitrine, le spéculum plaqué argent de Fergusson. La table à examen gynécologique. Le soulèvement du pelvis. Pauvre mère. Les poignées de notre salle de consultations ne sont pas en verre. Émail blanc. Du matin jusqu'au soir, ma mère en proie à la fatigue. Mes cris lorsque mon père me prit dans ses bras, moi qui ne voulais pas quitter ma mère, et les doigts de mon père dégoulinant de lysol. L'odeur du lysol. Palpations. Huile d'olive stérilisée. Les pieds du nourrisson qui pleure alors qu'on lui change ses couches. La berceuse mélancolique de la nourrice. Litanies bouddhistes entonnées sur le lieu qui mène au monde des morts, au bord de la rivière de son village natal du temps où elle était enfant. Certes, un endroit semblable, il y en a dans le monde bien que ce ne soit pas la route passant par la montagne de lave qui mène au royaume de l'au-delà. Saïgawara. Lieu de prière dans le lit de la rivière. Les enfants de deux, trois, quatre, cinq ans et même ceux qui n'ont pas encore dix ans, connaissent cet endroit. Si l'on y va quand il fait encore jour, au moment du crépuscule, des diables apparaissent. Ils virevoltent d'ouest en est, trébuchant sur les pierres et les racines d'arbres, les pieds et les mains ensanglantés, et font pleurer en les tourmentant les jeunes cœurs des enfants qui essayent de dormir sur des oreillers de pierre couverts de sable. Les chansons de ces jeunes cœurs, les enfants les connaissent, pas les adultes. Quelle solitude ! Mère. C'était toujours au moment où Père allait prendre l'enfant dans ses bras que Mère amenait la cuvette et sortait de la pièce. C'était toujours à ce moment-là. Ce n'était pas une chose à voir pour les enfants. Je m'évanouissais quand le dentiste tapait avec ses pincettes sur le bord de la cuvette en nickel. Vaginisme. La catégorie des enfants qui ont la tache mongoloïde, les fémurs repliés sur le ventre et à qui on change les couches. Il y a un secret dans la salle aux portes à poignées en émail blanc. Mère. Comme j'étais triste quand mon père me prenait dans ses bras avec ses mains qui sentaient le lysol. Ruines. Ville de magnificence et de joie, Pompéi. Dans les ruines de Pompéi, un spéculum enterré. Ville de mort. Jours où je me trouvais enterrée, moi, ruine des jours enterrés. Y a-t-il seulement eu un jour où je me sois demandé si j'avais bien fait de me marier avec lui ? Vraiment, je suis chez moi, assise ainsi juste en face de cette jeune fille. Être deux et pourtant quelle solitude ! Quel esseulement dans les bras de mon mari ! La solitude de ce moment-là. Quel peut bien être le sentiment de solitude chez les animaux ? La solitude du nourrisson. Ce n'est pas une chose à montrer aux enfants. Manuel de pathologie et de dissection, ce n'est pas une chose à montrer aux femmes. Avec cette jeune fille, ça ne va pas. Elle rend tristes ceux qu'elle rencontre. Je me tais maintenant pour cacher ma honte. C'est en proie à une vision honteuse que je cherche à poursuivre cette jeune fille. Serait-ce un tel bonheur que de la conquérir ? Aurais-je laissé partir exprès Play-Boy de mes genoux ? Marie au temple de saint Augustin.)

« Eh bien..., murmura Madame avec l'intention de poursuivre en disant (est-ce la première fois ?) : ...Pourriez-vous revenir encore une fois demain afin que nous soyons sûrs.

— Oui, merci.

— Mais après-demain, ce serait mieux, n'est-ce pas... Monsieur le marchand ? » (Avec Mademoiselle. Pourvu qu'il ne vienne pas seul ! Venez demain.)

Madame jeta un coup d'œil au marchand de chiens qui répondit vaguement :

« Oui, ce serait mieux de laisser passer un jour. » (Quel visage vulgaire ! Valet. J'allais justement demander si c'était le premier accouplement de la chienne. Dans le cas d'un examen au toucher d'une femme non mariée, assurément la mère ou une personne de la famille doit l'accompagner et servir de chaperon. Tension de la paroi abdominale. Anesthésie. Je pensais qu'il n'y avait pas d'êtres plus horribles que ces accompagnatrices à la clinique de mon père. Je trouvais comme lui que ces personnes venues pour protéger la pureté de ces jeunes filles ne faisaient, bien au contraire, que la salir. Aimais-je mon père aussi fort, aussi fort que ça ? Mais non. Pour ces jeunes filles, je n'étais qu'une enfant. Elles me prenaient dans leurs bras et me mettaient sur leurs genoux. Cela me faisait rougir et je leur disais : « Dis donc ! tu sens l'odeur de papa ! » Plusieurs groupes d'entre elles avec leur mère.

J'ai compris alors ce qu'était la disgrâce de l'âge. Havelock Ellis dit que l'homme, à partir de trois ans, se rapproche de la bête.

« Elle ne doit pas encore avoir trois ans », dit Madame avec l'air de regarder exprès la chienne qui était bien en évidence.

Et la jeune fille, de la même façon :

« Je pense qu'en fait, elle a un an et trois mois, mais... »

Sur le tapis à motifs de roses, les deux chiens calmés se tournaient le dos et regardaient, tête levée, leur propriétaire respective avec des yeux dont les pupilles étaient troubles et dilatées. Les flancs de Play-Boy battaient. Ses battements, à nouveau, se transmettaient à la poitrine de Madame qui s'était apaisée quand la clochette du collier avait cessé de tinter. Ses battements provoqués par la vilaine chose qu'elle faisait semblant de ne pas regarder, mais qu'elle regardait en fait, avaient pour quelque raison la force de lui faire sentir la fausseté de sa vie. Madame pensait que c'était peut-être dû à cette fille qui avait la beauté d'un adolescent.

« ... C'est pourquoi elle vient tout juste d'être formée. » (Tout juste ? Mais c'est le cas de la jeune fille. Tout juste ? En disant ça, elle pense sûrement à sa mère. Ce n'est encore qu'une enfant, n'est-ce pas ? Usure du tapis. Rose. Fleur de rose dont la vue fait penser à l'amour entre filles à l'école. Fleur trompeuse. Fleur muette. Jolie femme, le jour je te tiendrai par la main, et le soir, nous irons dormir ensemble, le soir, nous irons dormir ensemble. Que pensent les grand-mères quand elles chantent cela à leurs petits-enfants ? Les filles, contrairement aux garçons, se tiennent par la main et aiment dormir ensemble. Enfants. Vivants jouets d'amour. Elle a bien dit « tout juste », n'est-ce pas ? Elle aime son chien comme une mère, cette jeune fille. Une vierge, mère de chien... quelle beauté ! quelle solitude ! La nuit, allons dormir ensemble. Je crois bien que le tapis est un achat de jeunes mariés. Ma femme qui a quitté ses parents est fort belle... irai-je au marché de

Yahagi lui acheter des chaussures ? Tétons couleur de roses rouges. Mouillure couleur de rose rouge. Hymen. Rose jaune. Fleur de lilas mauve. Fleur de plaqueminier. Enterre-moi dans un pays splendide. Peut-être faudra-t-il attendre mon enterrement pour que tu me traites enfin en être humain ! Lederberg a dit que l'hymen était la caractéristique du genre humain. Modèle d'amour de la race des Hétéroménertes. Meute de rats. Expérience de Strassmann. Chien. La thèse de biologie selon laquelle l'homme n'est pas différent de l'animal. Pourquoi moi seule suis-je un être tragique ? Chien. Ce ne sont pas les ruines de Pompéi. C'était au dix-huitième siècle. Spallanzani a expérimenté l'insémination artificielle sur la chienne. Pipette. Sodomie. Monsieur se demande pourquoi les machines à faire les hommes les fabriquent obligatoirement à leur image. Finalement, c'est de la sensiblerie humaine. L'histoire de *Hakkenden* et Krafft-Ebing. Sodomie de la femme. Brute. A coup sûr, je montrerai comment je me venge de mon époux.) Et, tout à coup, Madame se mit à parler avec vivacité comme si elle avait oublié le code de la politesse féminine.

« Pour ce chien aussi c'est la première fois depuis qu'il a été introduit au Japon. Si ça ne marche pas, il n'est pas impossible que Play-Boy soit stérile. »

Et, au fond d'elle-même, elle se moquait de son mari.

« Même les femelles des bergers allemands ont de plus en plus la réputation d'être stériles et leur prix peut baisser d'un seul coup de mille ou de deux mille yens. Les chiens, quel casse-tête !

— Époque féodale, monde de chiens !

Et pourtant je me demande si ce n'est pas eux qui font faire le plus de progrès à la science. Un bon croisement et voilà que l'eugénisme fait un pas en avant. L'homme, tout en connaissant l'eugénisme, ne peut en appliquer les lois sur lui-même et l'utilise pour l'amélioration des races d'animaux domestiques. » Madame marmonnait entre ses dents (rends à César ce qui est à César. Rends à Dieu ce qui est à Dieu. Faut-il forcer les portes de l'enfer ?).

« Ces temps-ci, les fox à poils durs sont introduits peu à peu à Yokohama, et bientôt, l'eugénisme ne s'intéressera plus à Play-Boy.

— Les mâles, c'est mieux. Ils sont toujours beaux. On dit que les femelles peuvent maigrir énormément. L'accouchement leur fait perdre tous leurs poils et l'amour du maître se porte sur les petits.

— La silhouette se déforme comme chez la femme.

— Du reste, dans les concours de chiens, on ne voit guère de femelles.

— Pendant qu'il dînait, mon père s'amusait bien des patientes qui venaient chez lui (mais, après tout, ça n'a aucune importance). Même aujourd'hui, les accouchées prétendent que c'est leur première grossesse » (en fait, les symptômes propres à la virginité, et les causes de décès des nourrissons en premières couches ne sont pas si difficiles que ça à établir).

« Mademoiselle ! »

La jeune fille, croyant qu'on l'appelait, pencha un peu la tête vers Madame, et sa façon d'adolescente de regarder bien en face, ouverte et lumineuse sans l'ombre d'une arrière-pensée, embarrassa Madame qui se sentit ridicule et n'eut d'autre échappatoire que de railler autrui.

« Voici ce que raconte mon mari... »

Madame, tout à coup, se mit à rire en entendant le beau timbre de sa propre voix (mon mari... mais pour parler aux autres de ce qui concerne mon mari, je n'ai jamais utilisé une seule fois le mot de « mari ». Ce que dit mon mari ? Mais ce n'est pas ce que dit mon mari. C'est, je crois bien, ce que disent tous les maris du monde).

« Il a écrit un livre sur la génétique qui n'est plus en vente. Dans le lexique de la faune et de la flore, on trouve : sangsue du Japon, bivalves, coq, homme, est-ce que vous comprenez ? En dessous de " homme ", il y a entre parenthèses, race humaine, être humain. Homme, paramécie, héliotrope, entre eux, aucune différence puisque, de toute façon, il prend l'homme pour un imbécile ! » (Faire attention aux souliers, voilà une bonne occupation. Toi, à la clinique de tes parents, tu remettais sans cesse en place les chaussures des femmes et c'est pourquoi les souliers sont devenus ton seul souci. Elle n'avait jamais été aussi mortifiée que lorsque son mari s'était ainsi moqué d'elle. L'odeur des héliotropes. Le parfum de la jeune fille était bon marché, et ses zoris aperçus auparavant à la porte d'entrée n'avaient pas le dessus finement tissé mais plutôt grossier. Pourquoi Madame avait-elle oublié ça et ne s'était-elle intéressée qu'aux vêtements de bon goût ? La raillerie n'était décidément pas son fort. « C'est ce que dit mon mari, mais d'après lui, il n'y a pas de mâle plus heureux que l'homme. Il répète ça souvent. C'est seulement chez l'homme que la silhouette et la voix de la femme sont magnifiques. En général, c'est le mâle qui courtise la femelle, objet de ses faveurs, en se dandinant comme un dindon ou une araignée qui attrape une mouche, en chantant comme le grillon du Japon ou le canari, ou en se parant comme un paon, ou encore en dégageant un parfum de civette ou de matou agile. Chez l'homme, il n'y a que la femelle qui puisse rechercher les faveurs d'un mâle, après être allée jusqu'à assembler autour d'elle toutes sortes d'animaux censés lui donner de l'amour. Que la puissance céleste tyrannise le genre masculin, cela semble être la règle chez les êtres vivants. Ainsi les femelles méprisent les mâles, et si elles trouvent le moyen de vivre, c'est pour leurs enfants. La nature protège la mère. Si les femmes refusent de mettre au monde des enfants, pensant qu'il est préférable de se venger de cette nature qui les a désignées exclusivement pour être traitées comme des filles adoptives, elles deviennent l'objet des moqueries des hommes. Celui qui sait clairement qu'il vit pour sa descendance, c'est l'homme, et celui qui sait clairement qu'il ne vit pas pour sa descendance, c'est aussi l'homme. A ces deux types de situations, correspondent deux types de sentences divines. La religion et l'art, voilà deux domaines où l'on naît avec l'intention de ne pas vivre pour sa descendance. Ainsi, vous voulez fabriquer des enfants artificiels parce que vous rêvez de revenir au monde sans vie d'avant la Genèse. Vous prendrez le chemin sinueux de la science qui conduit au fleuve glacé de la mort. L'écoulement du temps décrit un cercle comme le mouvement du globe terrestre. » Voilà ce que dit un jour Madame à son époux, élucubrations sans queue ni tête qu'elle seule comprenait et qu'elle se faisait un plaisir à déclamer comme si ce bavardage insipide s'était accumulé au fond de son cœur. A vrai dire, Madame trouvant une certaine beauté au visage de la jeune fille qui, gênée d'être ainsi fixée, affectait de dissimuler son sourire, se souvenait de la jolie fille du pasteur, au temple de son village, qui lisait les versets en anglais. Donc, Madame ne se souciait guère du silence de la demoiselle, et quand elle vit se lever le marchand de chiens, elle fut surprise comme un prêcheur qu'on aurait interpellé.

Le marchand penché sur les deux chiens tapotait l'arrière-train du mâle avec la paume de sa main. Play-Boy vint se réfugier aux pieds de Madame en remuant la queue, leva la tête puis, abaissant ses pattes de devant, se tordit le dos pour se gratter.

« Cela fait environ vingt-cinq minutes, dit-il en regardant la pendule placée sur le manteau de la cheminée.

— C'est parfait ! »

La femelle était assise avec ses pattes repliées sur les genoux de la jeune fille. Madame relâcha sa main droite et Play-Boy, selon l'habitude des fox-terriers, baissa son arrière-train, leva en l'air, en même temps, ses deux pattes de devant, puis sauta sur les genoux de Madame et se mit à se lécher le sexe. La jeune fille eut l'air de vouloir se lever et regarda le marchand.

« Mademoiselle, excusez-moi de vous importuner encore un peu, mais il vaudrait mieux, autant que possible, que vous la fassiez tenir tranquille une ou deux heures de plus. Même si c'est loin, il vaudrait mieux rentrer en la faisant marcher. Mais si, toutefois, vous décidiez de prendre un véhicule, les secousses d'un pousse-pousse seraient préférables à celles d'une voiture.

— Je vous en prie, prenez votre temps. Vais-je vous faire resservir du thé ? » dit Madame qui, cherchant à échapper à une honte comme si elle avait été obligée de se mettre nue, prit Play-Boy dans ses bras et sortit de la pièce. Elle ferma la porte derrière elle, jeta brusquement le chien à terre et se mit à éclater d'un rire longtemps étouffé.

« Ah ! comment l'homme a-t-il pu devenir un être si impudique ? » (Les femmes à la porte de la salle de consultations de son père. En fin de compte, je n'étais qu'une enfant, mais je compris alors à quel moment les femmes avaient le sentiment d'avoir trouvé un nouvel espoir. Les chiens, soixante-six microns. Les hommes, soixante microns. La salamandre, sept cents microns. Le criquet, douze millimètres de grandeur. L'homme et le gorille, 0,13 à 0,14 millimètre. Le chien, 0,135 à 0,145 millimètre. La baleine, 0,14 millimètre. L'ornithorynque, 2,5 millimètres. Pendant le temps où l'ovule fécondé glisse en tombant dans la pipette, il peut grossir de dix-huit millimètres. Play-Boy. Je connais l'arithmétique des contes de fées. Il parle aussi de mariages saisonniers pour les femelles des hommes. Il est encore parti aujourd'hui en disant qu'il rentrerait tard. Et elle, est-elle une femme jeune — et belle, de surcroît — qui va dîner seule avec son chien ?) Madame pensait cela et, tout en se redressant tant bien que mal devant son miroir, appela la bonne :

« Peux-tu servir du thé anglais aux visiteurs ? (Eau lisse comme le mercure, ombre pure du grenadier. Face de la lune, semblance de miroir.) Et après, tu nettoieras encore ce miroir ! »

Alors que, hâtive, elle arrangeait son maquillage, le miroir faisait de Madame une femme éblouissante qui aimait bavarder. Elle n'était pas plus tôt retournée au salon que la jeune fille lui tendit la carte de visite d'un homme :

« Mon frère aîné aimerait vous rendre visite... »

Tout en la reconduisant jusqu'à la porte d'entrée, elle glissa la carte dans son obi. Ses doigts sentirent un billet de banque, et cela lui fit penser qu'elle avait oublié de dire à la jeune fille que le marchand de chiens lui avait donné le montant de l'accouplement. Son visage s'empourpra, ne sachant comment remercier malgré ses salutations.

« Demain... mais non, après-demain... je vous attendrai. »

Puis, sur un ton charmeur comme si de rien n'était :

« Il vaut mieux ne pas demander au marchand de venir exprès. Nous serons seuls. » Elle remarqua alors qu'elle n'avait pas encore donné sa commission au marchand qu'elle pria de venir dans le fond de la maison. Au moment où elle lui remettait un billet de dix yens, Play-Boy arriva en courant. La jeune fille était en train de fermer les boutons de son imperméable. Play-Boy aboya fort et sauta sur les genoux de Madame qui tenait à la main l'écharpe en renard blanc de la demoiselle.

« Chut ! Tais-toi !... » (peut-être bien qu'il comprend que moi je n'ai pas d'écharpe en fourrure), puis, en donnant de petits coups de pied sur le flanc du chien, elle posa le renard blanc sur les épaules de la jeune fille.

« Finalement, notre Play-Boy, c'est bien un fox-terrier. On dit que la chasse au renard, à cheval, accompagné d'une dizaine, voire d'une centaine de ces chiens était le sport des nobles ! »

Une fois la chienne partie, Play-Boy renifla partout l'odeur dans le couloir et gratta avec ses griffes devant la porte du salon. Tout à coup, Madame le prit dans ses bras et, à nouveau, vint s'asseoir devant son miroir.

Monsieur jeta sa serviette sur le côté de la coiffeuse, et attrapa aussitôt les épaules de sa femme en se balançant.

« Oh ! Qu'il est heureux l'homme dont l'épouse est si absorbée par son maquillage qu'elle n'entend plus le bruit de son époux qui rentre. Voilà des phrases comme il y en a dans tes romans préférés !

— Bonsoir ! Je sens le froid de tes mains qui pénètre mes épaules.

— Existe-t-il un nirvana du maquillage ? Tous les chemins sont bons pour atteindre à l'illumination. On les trouve aussi bien dans le miroir du microscope que dans celui de ta coiffeuse.

— Il n'y a que lorsque tu reviens tard que tu fais beaucoup de bruit avec la porte.

— Oui, vraiment. Cependant...

— Je déteste ça. Je comprends parfaitement.

— Que comprends-tu ?

— Ta femme ne se languit-elle pas de toi ? Ces êtres qu'on appelle les femelles des hommes tombent amoureux et c'est ce qui se passe pour la tienne !

— Ça y est... voilà que ça commence !

— Si tu regardes trop longtemps l'homme au microscope, cela donne comme un manque à la personne qui est dans le miroir de la coiffeuse. Quand tu ouvres la porte avec violence, je crois que tu es triste.

— Au contraire, si mes recherches marchent bien, je suis ravi quand je rentre à la maison. Celle qui se sent seule, c'est toi. Mais bon ! Admettons que ce soit moi qui sois triste ! Si vraiment on veut se persuader qu'on est triste... on finit par y arriver. Même si les épouses pensent que leur mari aime être triste, il vaut mieux ne pas en parler !

— En effet. Mais laquelle crois-tu la plus solitaire, l'humanité qui est dans ton microscope ou celle qui est dans ce miroir ?

— Il y a quelque chose qui ressemble à ça dans l'œuvre

de Goethe. Car il était à la fois biologiste et poète. J'aimerais que tu saches bien où t'arrêter quand tu utilises mes recherches pour composer tes refrains !

— Tu crois que, dans un miroir de femmes, il n'y a que des refrains. Et c'est de cette façon de penser qu'est née la mésentente dans notre foyer.

— Le moins qu'on puisse dire, c'est que les microscopes ne mentent pas. Bonheur... malheur... tout cela n'est que faux-fuyants.

— Je suis d'accord, mais...

— Pour les femmes comme pour les poètes, toutes les idées sont vraies. N'est-ce pas là pourquoi ils sont ennemis des hommes de science ?... Mais, que s'est-il passé ? Il y a des poils de chien, partout.

— Je l'ai toiletté !

— Oh ! là ! là ! Tu veux même faire chanter à ton chien une chanson fabriquée par les hommes, et le transformer en un animal magique ! Quand l'épouse s'ennuie, elle tond les poils de son chien. C'est bien ça ? » dit Monsieur en jetant sa veste, puis, détachant ses bretelles et retirant l'une après l'autre les jambes de son pantalon, il passa sa main dans les cheveux de sa femme.

« J'ai horreur de ça !

— Allons nous coucher... »

Monsieur, tout en bâillant, tira sur ses chaussettes qui tombaient et alla dans la chambre à coucher. Madame réalisa que depuis un moment elle parlait à son mari à travers le miroir, sans se retourner pour le regarder. Soudain, laissant le miroir, elle se leva en étouffant son rire et, regardant ainsi son mari en chemise assis au bord du lit en train de fumer, elle défit son obi. Le billet de banque et la carte de visite tombèrent à ses pieds. L'instant d'après, alors qu'elle pliait son obi, le dos tourné à son mari, elle fut effrayée par elle-même et murmura (mauvaise femme). A cette pensée qu'elle était une mauvaise femme, elle se sentait envahie par une force vivifiante comme si une zone de calme s'était établie autour d'elle, alors qu'au loin elle entendait le bruit d'un vent violent. (La silhouette vraiment imbécile de son mari. Est-ce bien ça ce qu'on appelle une tête de cocu ? « La sérénade des clowns », Caruso qui chante « Ç'en est fini du clown ». *La Veuve joyeuse.* Les chants religieux à l'église de mon village. Haydn. Bach. Mendelssohn. Gounod. Beethoven. J'aime la musique des fidèles catholiques. La boîte où sont rangés les disques des compositeurs croyant en la foi catholique. Tout péché que l'homme peut commettre est extérieur à son corps ; celui qui fornique, lui pèche contre son propre corps. Si la jeune fille vierge se marie, elle ne pèche pas. Mais ceux-là connaîtront des épreuves en leur chair, et moi, je voudrais vous les épargner. Qu'on se marie. Si on est résolu en son for intérieur, on fera bien. Accompagnant ces paroles de l'*Épître aux Corinthiens,* la *Sonate à Kreutzer* jouée par Thibaud au violon et Cortot au piano. Des remous se font sentir dans l'âme de Madame. Elle avait pris l'habitude de se souvenir du temps où, encore jeune fille, elle rêvait à un bel amour, emportée par le flot des voix qui chantaient en chœur les hymnes à l'église de son village, se prenant pour l'interprète de la *Sonate à Kreutzer* dont elle écoutait le disque. Alors qu'elle pliait son obi, ce beau rêve lui revint à l'esprit. (Après-demain, la jeune fille viendra. Le salon. Les deux chiens. Le chien qui aime bien vous lécher les oreilles. Le visage de son mari gêné devant la jeune fille. Ce visage, n'est-ce pas celui d'un cocu ? Elle parle tout bas à l'oreille de la jeune fille. Les joues empourprées, de la demoiselle. Ah ! j'ai déjà trahi mon mari ! Juda. Tamar qui donna naissance au descendant de Juda. Tamar, la femme de Er, fils aîné de Juda. Puis, femme du frère cadet de Er, Onân, qui refusa de remplir ses devoirs matrimoniaux parce qu'on disait qu'elle était stérile. Alors, Tamar, rejetant ses habits de veuve, se couvrit d'un voile et alla s'asseoir à l'entrée d'Enayim sur la route de Timna. Elle séduisit Shéla qui en fit sa femme. Joie de Tamar qui se trouva enceinte. Voyant cela,Juda ne voulut plus qu'elle fût prostituée. Impuissance cyclique relationnelle. Les femmes n'en sont pas affectées. Elle n'est qu'organique. Elle pousse les femmes à se prostituer et en fait des mères. Marie-Madeleine. Valeria Messalina. Bonheur de la femme que, pour la première fois, un autre homme a rendue heureuse. Joie que son mari n'a pas su lui donner. Quelle beauté !... Relationnel... cyclique... comment dit-on pour les femmes ? Lit nuptial. Pipette. Vaginisme. Orgasme. Ah ! sainte Marie ! Marie, la mère qui n'était que la fiancée de Joseph, et alors qu'elle n'était pas encore sa partenaire, se trouvait déjà habitée par l'Esprit saint. Oh ! je suis consumée par l'Esprit du Mal. L'Esprit saint ! quel magnifique symbole !)

Monsieur quitta le lit avec l'intention d'aller ramasser le billet et la carte de visite. Madame attendait, le dos courbé, d'être battue ou de recevoir des coups de pied. Elle dit de façon enfantine :

« C'est cette personne qui m'a donné ça ! » (Regardons-le de la même façon juvénile dont la jeune fille me regardait.) Madame qui était assise se redressa en se retournant, prit des mains de son mari la carte et l'argent, et le regarda droit dans les yeux :

« C'est cette jeune fille qui est venue pour faire accoupler sa chienne » (et si vraiment, c'était de l'argent qu'elle avait reçu d'un homme). Oui, c'est à moi qu'on l'a donné. Il n'y a aucun mal à ce que je reçoive de l'argent », dit-elle en déboutonnant la chemise de son époux. C'était une jeune fille qui ressemblait tout à fait à un lilas blanc. Et si elle était ton amante ? Tu m'as promis une fois que si tu ne pouvais pas avoir d'enfant dans les trois ans, tu prendrais une maîtresse. » (Monsieur Cocu. Notre Play-Boy va être père !)

« Et toi ? Ne pourrais-tu pas te faire examiner par un médecin ? »

Aussitôt Madame voulut couvrir son mari d'injures. Ses

joues devinrent toutes rouges, mais alors qu'elle allait hocher la tête, elle pâlit et resta comme pétrifiée.

« Qu'est-ce qui te prend ? N'es-tu pas fille de médecin ? »

(Ce n'est pas la faute de Madame) ces mots dits par un jeune docteur lui provoquaient à nouveau des battements de cœur. Elle se souvenait de la haine qu'elle avait éprouvée à l'égard de ce médecin. (Marthe !... Marthe !... Père !) Sa voix tremblait.

« Je ferais mieux d'attendre la naissance d'un robot dans ton laboratoire. Celle qui l'aimera sera la femme d'un généticien. Merveilleux symbole !

— Puisque tu parles de robot, quel pitoyable symbole que cette poupée de réclame que j'ai vue dans un grand magasin et qui ressemble étrangement à la représentation féminine d'un Bouddha indien ! L'ingénieur de la Compagnie américaine d'électricité qui a construit le robot lui a donné le nom de Télébox... poupée mécanique. Plutôt qu'une boîte, c'est un technicien. Le corps de la machine est affublé d'un masque à visage humain, ce qui ravit les spectateurs et n'est que parfaitement imbécile. Et s'il s'agit de faire entendre sa voix, cela tient aux progrès du haut-parleur et de la radio. » Quand Madame se rendit compte que son émotion n'avait plus d'effet sur son époux, elle lui dit avec une douceur qui la ravissait elle-même :

« Regarde ! Maintenant, avec ce que tu viens de dire, j'ai compris ton secret. Le fard que se met une femme sur le visage et le masque du robot, pour toi, c'est la même chose. Mais c'est une chose inepte. Tu prétends qu'une plante, un chant d'oiseau, un cœur arraché à un poulet peuvent rester vivants dans une solution pendant huit ans. Alors, si tu pouvais faire vivre un utérus dans cette solution, tu n'aurais plus besoin de femme. C'est bien ça ce que tu penses ? Avec des éléments simples monocellulaires comme les amibes, l'évolution de la science ne peut apporter que vaine gloire !

— Mais une amibe ne meurt pas. C'est un beau symbole, non ? Quand il n'y a pas de parents, il n'y a pas d'enfant, ni mâle, ni femelle, ni frère aîné, ni frère cadet », dit Monsieur en jetant son pyjama, puis il tendit vers Madame ses deux mains qui sentaient le lysol. Madame défit sa ceinture et la lui donna.

« C'est de la soie artificielle !

— Ah bon ?

— Pourquoi fabrique-t-on de la soie artificielle ? Pierres artificielles. Perles artificielles. Cuir artificiel. Écaille artificielle. Saké artificiel. Café artificiel. Homme artificiel. Pitoyable humanité qui ne fait qu'imiter la nature. Y a-t-il une chose plus belle que la nature ? Je pense que c'est parce que la force onirique de l'homme est lamentable. Mais par contre, la puissance de l'amibe, c'est ce à quoi rêve la génétique.

— Qu'est-ce que tu racontes ? dit Monsieur en bâillant sur le lit.

— Tu es fatigué, n'est-ce pas ? » (Croire à l'immortalité de nos cellules par la procréation. Flèches enflammées aux quatorze et quinzième siècles. Schéma d'un sperme de mammifère. Que je prenne n'importe quelle forme physique, tu me considéreras toujours comme un fœtus, et dans tes dossiers seront répertoriés les jours de ma vie. Tu fais de la classification des êtres vivants en plusieurs catégories. Palingénésie. Pipette. Princesse prostrée. Préparation pour microscope. J'ai beau évoquer la véranda du jardin ressemblant au toit d'une serre, qui se reflète dans le miroir, l'odeur du lysol tue le rythme de mon orgasme. Vengeance secrète de la femme.) Puis Madame dit comme une enfant :

« Si le monde devenait un pays de conte de fées, où les chiens pourraient donner naissance à des paons, il n'y aurait plus de genre humain ! Câkyamuni a beau être magnanime, il réfléchit moins que toi, car il nous condamne à renaître sous la forme d'autres êtres vivants.

— Mais ne crois-tu pas que c'est une plaisanterie ?

Même le Docteur Faust n'a pu voir ce rêve se réaliser. On a déjà pratiqué l'insémination d'une vache avec un buffle, ou d'une ânesse avec un cheval. Il y a même eu des expériences sur quelques êtres inférieurs qui habitent le fond des océans.

— Me voilà rassurée ! » dit Madame en se levant, tout étonnée par les mots qu'elle prononçait. Elle s'approcha du lit et regarda de haut son époux droit dans les yeux, d'un air enjôleur :

« A quelle recherche t'es-tu livré, aujourd'hui ? Ah... cette odeur ! »

Madame sentit monter un flot de joie du plus profond de sa frigidité :

(On dit que, lorsqu'un homme a dans la tête l'image d'une prostituée, sa femme s'en rend compte en quelque sorte, et devient frigide. Mais l'homme qui pense à de petites plaquettes de verre. Suicide. Dans le laboratoire, le corps blafard du mari étendu. Victime de la recherche. Petits morceaux de verre éparpillés.)

« L'être humain ?... Ne serait-ce pas plutôt un prisonnier condamné à mort ?... »

Les servantes d'auberge

[illegible]

[illegible]

« [illegible]

— [illegible]

[illegible]

— [illegible]

[illegible]

La fin de l'été

Blanches et nues, elles se mouvaient comme des bêtes. Ces silhouettes félines, nudités floues qu'estompait une adipeuse rotondité, se faufilaient au plus profond de la vapeur opaque. Seule la chair enveloppant les épaules roulait vigoureusement comme aux travaux des champs, et des chevelures d'ébène ruisselantes, d'une noblesse sublime et pathétique, leur donnaient une étonnante apparence humaine incroyablement vivace.

O-Taki, jetant sa brosse, enjamba la fenêtre comme si elle voulait enfourcher un cheval de bois. Accroupie, à califourchon au-dessus du caniveau, elle écouta le bruit de chute dans le courant, puis elle dit :

« Tiens ! C'est déjà l'automne !

— Oui, c'est vrai ! Voici le vent d'automne ! Une villégiature en fin de saison est affligeante, tel un port après le départ des bateaux, répondit O-Yuki en imitant l'accent charmeur d'une citadine qui était venue avec son amant.

— Oh ! Voyez donc cette petite prétentieuse ! dit O-Yoshi en lui tapant sur les fesses avec la brosse.

— Dès le début d'août, les gens de Tōkyō ne cessent de dire : C'est l'automne ! C'est l'automne !... à croire qu'à la montagne, le vent d'automne souffle toute l'année !

— Dis donc, O-Yoshi ! Moi, si j'étais cette demoiselle, je dirais quelque chose d'un peu plus intelligent, comme : affligeante telle une vieille fille en mal de mari.

— Désolée ! Laisse-moi te dire que, déjà trois fois, j'ai été magnifiquement mariée et, à ton âge, j'avais un époux !

— Eh bien, alors... disons que cette villégiature en fin de saison est affligeante comme une femme qui a raté trois mariages ! » s'écria O-Yuki tout en se mettant à courir vers le torrent.

O-Taki s'étira et contempla, accroupie, un pied de chaque côté du caniveau, ce que les citadins appelaient « le début de l'automne ». La chaîne montagneuse où se trouvait son village natal se dessinait dans le ciel au clair de lune. Depuis qu'elle était venue au bourg, elle n'avait plus eu l'occasion d'entendre le bruit que fait le torrent au fond de la vallée dans un village de sources thermales. La lumière de la lune passait à travers les feuilles de chêne et imprégnait de ses rayures zébrées le ventre ferme qui, depuis cinq mois, n'avait pas eu un instant de répit.

O-Yoshi regarda par la fenêtre.

— « O-Taki ! Voilà encore ta mauvaise habitude ! Mais on lave la vaisselle dans cette eau !

— La vaisselle ? et après ?

— Et en aval il y a le réservoir à truites ! N'est-ce pas là aussi où on lave le riz ?

— Et à quoi donc sert le courant ?

— Dégoûtante, va ! »

Mais O-Taki ne prit même pas la peine de se retourner. « Dis donc, Yuki, est-ce que tu sais nager ? » demanda-t-elle, et, attrapant le poignet de la jeune fille, elle passa sur le pont qui enjambait le lit du torrent. Mais, quand elle vit qu'O-Yuki se recroquevillait, intimidée par sa propre nudité, elle lui lâcha le poignet si violemment qu'elle la fit tituber.

« Bien fait !

— Mais j'ai du mal à marcher pieds nus comme ça ! »

Dans les bains, ces deux filles étaient celles au sujet desquelles on disait le plus de mal. Toutes deux avaient une épaisse et abondante chevelure, et les autres filles sentaient bien, au fil des jours, ce parfum qui se dégageait d'elles et qui allumait tous les désirs. De plus, durant l'été, elles partageaient, la nuit, le même matelas. Or, ce soir-là, ce fut la redistribution des pourboires du mois d'août.

« Ah ! ces deux-là ont certainement triché et n'ont pas tout déposé à la caisse. Elles ont l'air bien contentes et s'en vont à deux faire leurs messes basses !

— Quand même ! Et elles osent dire que ce n'est pas juste de diviser l'argent en parts égales ! »

Mais, en réalité, toutes les filles étaient insatisfaites de la façon « égalitaire » avec laquelle cet argent était divisé en parts « équitables ». Même O-Toki, fille de paysans, reconnaissait que sa part était la plus maigre. Elle disait en dressant la tête du fond de la piscine :

« Ces deux-là ne sont pas comme nous. L'une a été bonne chez un boucher, l'autre nounou dans une maison de geishas... c'est bien normal qu'elles connaissent toutes les ficelles ! »

O-Taki souleva O-Yuki dans ses bras comme une brassée de légumes verts pour sauter de pierre en pierre. C'était une île aménagée en lieu de promenade de l'auberge avec un pont qui enjambait le lit du torrent au fond de la vallée, et où avait été construit un pavillon d'été. Les reflets de la lune scintillaient tout autour comme une multitude d'oiseaux migrateurs argentés s'engloutissant dans l'eau profonde. La blancheur des roches — à l'unisson avec le chant des insectes dans les bois de cèdres sur l'autre versant — enveloppait leur absolue nudité.

On entendait le claquement des petits seaux en bois que les autres étaient en train de déposer sur les dalles de ciment après avoir terminé le nettoyage du bain. A côté d'un des piliers du pavillon, O-Taki ramassa des pétards. D'une tige de myrte grimpante, O-Yuki détacha un maillot de bain laissé par un client, et l'enfila par les pieds.

« Oh là ! Il me descend jusqu'aux genoux !

— Mais c'est un maillot de bain d'homme ! »

Les autres filles les rejoignirent en passant le pont en chemise de nuit. D'habitude, titubant de fatigue, elles s'endormaient comme des sacs. Le nettoyage des bains se faisait d'ordinaire à deux, tous les soirs, mais cette nuit-là elles étaient toutes les sept à le faire. Après avoir touché leur argent le soir même, elles étaient excitées comme à la veille d'une orgie, se moquaient d'O-Yuki perdue dans son maillot avec sa coiffure à coques, évoquaient les promesses que les hommes leur avaient faites durant l'été, et, tout en ressentant un creux à l'estomac, elles énuméraient les défauts des clients.

« Pour O-Toki et O-Tani, ce sera fini demain ! On va faire une séance de pétards en guise d'adieu ! » dit O-Taki.

Les pétards étaient humides.

« O-Yuki ! Tu vois... l'automne, c'est comme les pétards humides. »

Finalement, après avoir réussi à allumer, au bout de la deuxième fois, une poignée de quinze ou seize allumettes, l'étincelle pénétra la brindille de cerisier avec une détonation.

Elles se mirent à crier toutes en chœur et aperçurent un homme en costume de bain, agrippé à la plate-forme qui servait de séchoir à linge. L'auberge avait été construite sur la rive, en déclivité. La porte d'entrée principale se trouvait au niveau du sol, mais, derrière, il fallait sauter pour arriver aux planches surélevées où séchait la lessive. L'homme, qui s'accrochait à mi-hauteur, avait plaqué ses pieds contre un pilier rond en bois, et, les faisant glisser, cherchait à monter en se tirant maladroitement de toutes ses forces.

« Oh ! Mais c'est le Monsieur de "chez Tsuruya" !

— C'est terrible d'être dérangé à ce point ! »

O-Yoshi arrêta les rires bruyants des filles d'un geste de la main.

« Chut ! Comme j'ai fermé à clé la porte du couloir, il essaie de grimper par l'arrière. »

Il tira frénétiquement sur les persiennes, finit par les décrocher en les soulevant des deux mains et s'effondra de tout son poids dans la chambre des servantes. Il y faisait tout noir. O-Yoshi se mit à courir vivement en direction du pont. Toutes se levèrent à la hâte. Tandis qu'O-Yuki retirait son costume de bain, O-Taki l'attrapa vivement par les épaules en disant :

« Laisse ! Elles s'inquiètent à cause de leurs sous !

— Il reste encore des pétards, tu sais ! »

Deux filles venues du bordel en amont de la rivière sautaient de pierre en pierre en ondulant le corps. Elles voulaient profiter en cachette des bains de l'auberge. Des hommes les suivaient. O-Taki se leva, laissant tomber O-Yuki assise sur ses genoux.

« On va les faire pleurer, ces chiennes ! »

Le jardin de la maison d'O-Taki était un pré où poussaient des cosmos, et ce champ parsemé de fleurs était clos par une barrière en bambou. Elle y faisait picorer des poules. De longues tiges désordonnées jonchaient le sol. La maison qui se trouvait en plein milieu des rizières descendant en gradins du haut du cimetière villageois jusqu'au fond de la vallée était exposée à la fois au soleil et au vent. A l'arrière, un petit bois de bambous, débordant sur le toit de chaume, ne cessait de s'agiter comme s'il était parcouru d'une bande de sardines. Mais ni O-Taki ni sa mère n'écoutaient ce bruissement de feuilles.

Dès l'âge de treize ou quatorze ans, O-Taki filait sur son cheval qu'elle montait à cru. On la voyait chargée d'une hotte de raiforts aux feuilles toutes vertes et reluisantes, surgir de la montagne au galop comme une fraîche brise matinale.

A quinze ou seize ans, en janvier et pendant les deux mois d'été où les servantes étaient en nombre insuffisant, elle venait aider à l'auberge du village. Lorsqu'elle se dévêtait dans le bain, les clients de l'auberge qui se trouvaient dans l'eau se taisaient soudain. De la merveilleuse souplesse métallique des bras et des jambes déployés, se dégageait une pure beauté juvénile.

Le ventre d'O-Taki et celui de sa mère étaient, par leur aspect extérieur, révélateurs de bien des choses. La jeune fille, assise droite, regarda le ventre un peu gras et flatulent de sa mère négligemment assoupie, puis, soudain, cracha d'un coup la salive qui s'était accumulée dans sa bouche et s'endormit profondément. Depuis que son père les avait abandonnées toutes les deux, ce ventre maternel avait subitement pris une grande importance à ses yeux.

Son père avait élu domicile avec sa maîtresse, dans la grand-rue du même village.

O-Taki l'avait croisé en chemin :

« A propos, comment va ta mère ?

— Oh ça ! pour dormir, elle dort !... » avait-elle répondu évasivement en continuant sa route.

A seize ans, O-Taki faisait travailler au maximum sa mère et son cheval, et menait une vie de paysanne. Après avoir amené l'eau dans la rizière pour le repiquage du riz, la mère conduisait le cheval qui tirait une herse. O-Taki, la regardant faire sur les murets, sauta tout à coup dans la rizière et lui administra une gifle cinglante.

« Idiote !... la herse !... Tu ne vois donc pas que la herse est à fleur d'eau ! »

Sa mère, la main posée sur le manche, perdit l'équilibre. O-Taki saisit la herse et appuya dessus en pesant avec son genou.

« Regarde donc comment je fais ! »

La mère s'enfonça dans la rizière jusqu'aux genoux et, tout en suivant sa fille des yeux, dit aux gens de la rizière :

« Vous voyez ! J'ai maintenant un maître terrible ! Celui d'avant était beaucoup plus doux. »

Puis elle se mit à rougir comme une fillette.

La nuit, O-Taki dormait en tournant le dos à sa mère qui, elle, dormait la tête appuyée contre ce dos.

La mère, une houe sur l'épaule, courait à petits pas rapides derrière sa fille montée à cru sur son cheval. C'est elle aussi qui devait s'occuper de la lessive et de la cuisine. Plus sa fille la faisait travailler, plus elle oubliait ses malheurs conjugaux. Mais elle avait fréquemment des palpitations et lorsque, déprimée, elle songeait à son époux, sa fille la battait et filait de la maison quand elle se mettait à pleurer.

« O-Taki ! Attends ! Tu ne peux pas sortir comme ça avec des sandales aussi usées ! » criait-elle en la poursuivant.

Elle s'appliquait à son travail et, quand elle arrondissait ses yeux de félin attendri, les pupilles de sa fille devenaient noires et perçantes comme deux araignées d'eau.

Lorsque, vêtue d'un kimono, O-Taki apparaissait dans le salon de l'auberge, les hommes étaient comme oppressés par sa stature, mais ses yeux humides et pétillants surprenaient les clients.

C'était à l'auberge, l'année où O-Taki avait seize ans. Elle était seule en train de nettoyer les bains. Les filles du bordel accompagnées de trois clients éméchés, entrèrent par la porte de derrière.

« O-Taki ? Pouvons-nous nous baigner ? Oh ! mais il n'y a plus d'eau ?

— J'ai réservé toute l'eau chaude dans ce bassin-là », répondit O-Taki, la brosse à la main, rigide, dans un coin du bassin.

La salle où se trouvaient les bains était une sorte de serre au sol pavé de pierres. Un grand bassin y était divisé en trois parties. Dans la première, l'eau chaude coulait à flots, se déversait dans la deuxième et ainsi de suite, de telle sorte qu'elle tiédissait au fur et à mesure.

Les prostituées s'éclaboussaient dans l'eau, faisant fondre leur poudre blanche parfumée. Déjà elles s'étaient mises à discuter à haute voix du corps d'O-Taki. Les hommes, frappés par la fraîche et tendre beauté de cette toute jeune fille nue, s'étaient tus pendant un moment. Les filles discutaient dans un langage grossier, cherchant à savoir si le corps d'O-Taki était celui d'une belle femme accomplie ou celui d'une vierge. Celle-ci sentait posé sur elle le regard des hommes se délectant de ce bavardage. Les prostituées se tenaient derrière eux, un genou replié, et leur faisaient couler de l'eau dans le dos. L'une d'entre elles dit :

« O-Taki ne voudrais-tu pas asperger un de ces dos esseulés ? »

O-Taki, sentant sa gorge se durcir, vint caler son genou dans le dos de l'homme. Il semblait être contremaître dans les mines sur l'autre versant de la montagne. Les mains d'O-Taki se mirent à trembler au toucher de ce dos qui sentait le minerai. Elle serra les genoux, sentit un courant glacé la parcourir de la tête aux pieds et se plongea rapidement dans l'eau. Deux filles lancèrent à son propos des paroles empoisonnées, sur le ton orgueilleux et malfaisant des prostituées ayant affaire à une jeune fille innocente. O-Taki leva les yeux, le regard enflammé.

Après avoir enfilé un peignoir molletonné, un des hommes lui tapa légèrement sur l'épaule et dit :

« Petite ! Ne veux-tu pas venir t'amuser un peu ? »

Alors qu'elle réfléchissait en faisant « Hum !... » il lui enlaça les épaules avec force.

Le vent d'hiver soufflait le long du lit du torrent où s'était accumulée la neige dans l'obscurité de la nuit. O-Taki n'avait sur elle qu'une chemise de nuit, et ses pieds nus tout juste sortis du bain adhéraient aux pierres gelées. Le froid la pénétrait jusqu'aux cuisses qui se durcissaient. Elle criait à pleins poumons :

« Les salauds ! »

Sur le versant opposé, la neige sur la montagne couverte de cèdres s'était mise à tomber comme une brume.

Au début, O-Taki se couvrit le visage des deux mains,

puis se mit à mordre de toutes ses forces son pouce qu'elle avait enfoncé dans sa bouche.

Quand elle se leva, elle vit que du sang avait coulé d'une blessure de la taille d'une dent.

Cachant rapidement sa main droite dans sa poche, elle se redressa en titubant et voulut ouvrir la porte coulissante qui la séparait de la pièce voisine, car elle savait que trois femmes et leurs clients étaient là, retenant leur souffle. Accrochant ses mains à la paroi, elle cria avec violence :

« Les salauds ! »

Sans même regarder le visage de l'homme avec qui elle était, elle sortit par la porte de derrière du bordel et prit l'étroit chemin qui longeait la vallée. Elle n'avait pas fait cent mètres qu'elle entendit le bruit des pas de deux hommes qui cherchaient à la rattraper et, derrière eux, les cris stridents des femmes qui les suivaient. La victoire appartenait à O-Taki. Elle se pencha sur la rive au risque de tomber et but l'eau froide à pleines gorgées. Apercevant l'haleine blanche des hommes qui arrivaient à toute allure pieds nus, elle se remit à boire.

Ce soir-là, elle rentra chez elle et s'endormit en serrant sa mère très fort, de la façon dont l'homme l'avait prise violemment dans ses bras.

Trois à quatre mois plus tard, ce fut le printemps. Un soir, O-Taki sauta d'un mur deux fois plus haut qu'elle et se cassa la cheville. Le lendemain du jour où elle était entrée à l'hôpital, elle fit une fausse couche. Une dizaine de jours plus tard, elle rentra au village. Son père était là. Il y eut une grande dispute. Elle s'empoigna avec lui et renversa sa mère à coups de pied.

« C'est dégoûtant ! Venir ici en l'absence de sa fille ! Je ne peux pas rester dans une maison aussi sale ! »

Elle prit l'omnibus, alla au bourg, et s'engagea comme bonne chez le boucher.

Puis, cet été-là, à la fin de juillet, saison creuse pour la boucherie, elle retourna au village aider à l'auberge. Cela faisait deux ans que l'incident s'était produit, mais O-Taki brûlait d'envie de tourner en dérision les filles du bordel.

La porte des bains donnant sur l'arrière ainsi que la fenêtre restaient ouvertes toute la nuit, hiver comme été, afin que la buée ne s'accumulât pas trop.

Les filles du bordel en amont longeaient le lit du torrent et se glissaient par cette porte à l'intérieur de l'établissement. Elles avaient l'habitude d'y venir souvent deux ans auparavant, et cette année-là également. Mais pour O-Taki, l'hiver précédent, le sentiment de sa nudité était bien différent de cet été-ci.

« Qu'est-ce que c'est ? Tu as encore des pétards humides dans la main ? dit-elle à O-Yuki en marchant sur le passage en planches. Tu vas voir... on va entrer dans l'eau toutes les deux et on va les briser, ces filles... quelqu'un comme toi, tu es aussi différente d'elles que faire se peut ! Vraiment, Yuki, il suffit que tu leur montres ton joli visage et tu vas voir leurs larmes !

— Ce n'est pas bien de les gêner dans leur commerce !

— Tiens ! Voilà bien la réflexion d'une bonne d'auberge à geishas ! Faire ça ou s'occuper du caleçon de bain des hommes, quelle différence ? Moi, toute seule, je ne serais pas en peine. Vas-tu aller te coucher la première ?

— Mais il y a le Monsieur de "chez Tsuruya" dans la chambre ! »

Ce Monsieur de « chez Tsuruya » était le patron de la mercerie des environs. En milieu et fin de mois, il faisait le tour de la région pour présenter ses factures et récupérer son argent. Ses cheveux bruns étaient coupés en brosse, et sa barbe drue descendait des joues jusqu'au menton. Quand il était saoul, il tapait rageusement son bol et son assiette avec ses baguettes, puis dormait pendant deux ou trois heures. A son réveil, et malgré tout le mal que cela lui donnait, il cherchait toujours à entrer même en grimpant sur l'estrade où séchait le linge, car il ne pouvait plus s'endormir tant qu'il ne se trouvait pas dans la chambre des servantes. C'était presque devenu une tradition immuable, pratiquée en public deux fois par mois, depuis dix ans.

O-Yuki, cependant, était une fraîche et fragile jeune fille.

« Un ivrogne comme ça... ça s'endort comme une masse ! avait beau lui rétorquer O-Taki.

— Ça ne fait rien, j'attendrai dans les bains d'eau chaude près du torrent », répondait O-Yuki.

Ce que les jeunes filles appelaient « les bains du torrent », c'était une simple cabane en bois blanc avec une salle d'eau, qui ressemblait à un poste de guetteur d'incendie.

O-Taki fit claquer ses socques en descendant l'escalier de pierre et entra par la porte de derrière.

« Je me suis gelée près du torrent ! » puis elle se jeta dans l'eau. Les femmes du bordel cherchaient à éviter les éclaboussures.

« Bonsoir !

— Bonsoir ! »

O-Taki plongea son corps. L'eau chaude se mit à clapoter et à déborder.

« On vous prend votre eau...

— Oui, je me demandais si vous étiez clients de l'auberge. »

Les clients — ils étaient deux — , avaient l'air d'être des étudiants. Quand O-Taki se planta tout à coup audacieusement devant eux, ils sentirent un vent tiède les oppresser et vinrent s'asseoir au bord du bassin, les yeux baissés.

« Nous aurions dû vous demander la permission, mais nous pensions que vous aviez déjà terminé.

— Ça va, c'est bien comme ça... car moi, il y a quelque chose que j'aimerais emprunter à O-Saki. »

Celle qui avait fait ses excuses à O-Taki était O-Kiyo, communément appelée « concombre ». O-Kiyo était longue et maigre comme un concombre, souffreteuse, avait le dos un peu tordu, restait souvent alitée car elle était malade, et aimait les enfants. Elle gardait un bébé dans le voisinage, se baignait avec trois ou quatre petits gosses, et donnait l'impression de prendre un grand plaisir à caresser ces enfants. Elle seule respectait scrupuleusement la règle selon laquelle les filles du bordel ne devaient pas prendre comme clients les hommes du pays. Naturellement, c'était une itinérante venue d'ailleurs qui se ruinait la santé dans ce village et savait qu'elle y mourrait. Chaque fois qu'elle tombait malade, elle imaginait les enfants bien-aimés dont elle s'était occupée, alignés derrière son cercueil lors de sa cérémonie funéraire.

C'est pourquoi, quand O-Taki avait l'occasion de la rencontrer, elle se sentait émue par cette fille aussi pâle que les jours d'hiver et se mettait aussitôt à lui parler de sa santé.

Cependant, la deuxième femme qui avait seulement dit « Bonsoir » à O-Taki sans la regarder était comme endormie. Ses longs cils ombrageaient ses yeux, et sa coiffure à coques penchant sur le côté ruisselait à grosses gouttes comme si elle avait été imbibée d'huile. La surface plane de son visage diaphane, son sommeil béat accentué par la petite moue volontaire de sa bouche, ses longs cils, tout cet ensemble donnait l'impression d'une éclatante vivacité. Ses sourcils étaient tout embroussaillés et désordonnés. Ses oreilles, son cou, les doigts de ses mains, donnaient envie de les croquer à pleines dents. A cette sensation de tendre douceur, O-Taki sut tout de suite qu'il s'agissait d'O-Saki.

Parmi la dizaine de prostituées de ce village, O-Saki avait été la seule à être condamnée pour avoir enfreint les règles de la morale publique. Elle avait dû quitter le village parce que le fils d'un membre du conseil municipal lui rendait trop fréquemment visite. C'était une fille qui avait un peu trop le tempérament d'une prostituée.

Malgré le regard dur et inquisiteur d'O-Taki, O-Saki, le visage ensommeillé, sortit de l'eau tout le haut de son corps et s'assit au bord de la piscine. Elle ressemblait à une limace toute blanche, avec sa peau humide et sa rondeur douce, parfaitement lisse et invertébrée. C'était une bête rampante dont la couche adipeuse s'étirait et se contractait comme celle d'un escargot. O-Taki, soudain emportée par un farouche désir masculin de piétiner ce ventre tout blanc, tendit la main brusquement vers le giron d'O-Saki.

« Prête-moi ta serviette ! »

O-Saki se recroquevilla tout à coup et voulut cacher le bas de son ventre avec sa poitrine mais, à l'endroit que la serviette ne protégeait plus, on pouvait voir sur une partie de sa peau blanche une série de petites cicatrices.

Les oreilles d'O-Saki furent transpercées d'un rouge intense, et ce rouge envahit son corps entier depuis ses seins jusqu'au bas de son ventre. O-Taki ne pouvant résister au plaisir que lui dictait une féroce jalousie contemplait cette magnifique et inhumaine couleur de sang.

« Je ne suis pas assez folle pour emprunter cette serviette. Elle est empoisonnée ! »

Puis, aussitôt, O-Taki dirigea son regard vers les bains de sources chaudes près du torrent.

« Ma petite Yuki, ils sont bien gentils et sages, ces deux étudiants... mais ne veux-tu aller faire un tour du côté de la route qui mène à la cascade ? »

O-Yuki avait posé ses joues, hors de l'eau, sur ses bras joints en cercle, sur le bord cimenté de la piscine.

« Oh là !... mais tu dors... prends garde à toi. »

Quand O-Taki rentra à l'auberge, la blancheur des troncs d'arbres et du lit du torrent ondoyait dans la pâleur de l'aube. O-Yuki dormait encore dans le bain. Ses bras étaient restés en rond comme si elle serrait fortement la vertu de chasteté.

O-Yuki avait quelque part, en elle, un reste de « manuel

de bonne conduite », et cela la rendait mignonne comme une coquille brisée par son poussin, ou détestable comme la peau muée d'un serpent.

Dans un bourg du bord de mer, non loin de la zone urbaine où se trouvaient les sources d'eau chaude, elle avait été employée dans une maison de geishas, et, lorsqu'elle se présentait avec sa coiffure à coques d'alors, son cou superbe juste à la naissance des cheveux était voluptueux.

La précocité d'une apprentie geisha, alliée au tempérament d'une enfant de la mer, avait formé cette petite jeune fille. Ses joues étaient rouges comme des pommes et ses yeux tout ronds recouverts de deux paupières brillantes et rectilignes se mouvaient avec légèreté. Dans ce village montagnard, elle faisait revivre chez chacun ce vieux mot de « beauté rare ».

C'est pourquoi, à l'auberge, des hommes de toutes catégories l'abordaient sans y attacher une importance particulière, et elle prenait la chose gaiement, de la même façon. Il ne lui arrivait jamais de faire toute une histoire de pareilles situations, comme les autres filles. Cela étant, un étudiant ayant dit :

« Ma petite Yuki... tu es bien précoce pour ton âge ! » la couleur du visage d'O-Yuki avait subitement changé.

« Tu te moques de moi ! Tu n'es qu'un étudiant prétentieux ! Tu dis ça parce que j'ai été dans une maison de geishas ! » puis elle avait jeté son plateau de service, était sortie tout de go et, pendant le mois où l'étudiant était resté, elle ne lui avait plus adressé la parole.

Cependant, lorsque son tour venait de nettoyer les bains avec O-Yoshi, elle faisait exprès de sommeiller. Lorsqu'elle était réveillée à coups de brosse :

« Oh ! j'ai le tournis ! Ça ne t'ennuie pas si je vais me coucher la première ? Comme ça, je pourrai te chauffer le lit. »

Ainsi, O-Yuki, aimée de toutes les filles comme on peut aimer une prostituée, montrait un visage rayonnant.

Il arrivait qu'une cliente s'étonnât en regardant O-Yuki :

« Quel joli tablier ! »

A quel moment O-Yuki avait-elle pu trouver ce petit bout de tissu aux couleurs éclatantes ? — en tout cas, elle l'avait taillé en triangle, entièrement cousu et s'en était fait un joli tablier.

Quand elle était venue pour la première fois à l'auberge, c'était la fin de l'été, au moment où les filles confectionnaient de nouveaux kimonos molletonnés. En même temps qu'elle avait fabriqué une vingtaine de ces kimonos d'intérieur, elle en avait cousu un doublé, à peu près de la même taille, avec le restant du tissu. Elle avait dit que c'était pour envoyer à son jeune frère.

Le patron, écoutant les louanges mêlées d'admiration de la patronne, dit :

« Celle-là, c'est une futée. Il faut l'avoir à l'œil ! »

Également, O-Yuki rassemblait les mégots des clients, en coupait le bout usagé et, quand elle en avait un certain nombre, elle les défaisait et roulait le tabac sur une feuille de papier journal qu'elle envoyait à son grand-père qui habitait au port.

A propos de ces mégots — c'était la vieille grand-mère de l'auberge qui, depuis des années, les ramassait elle-même ou les retirait de la pelle à feu et, après en avoir cassé l'embout, les mettait dans une grande boîte en papier. La vieille les sortait quand venaient les vieux du village. Ils en bourraient leur pipe et bavardaient longuement. Il y avait même des vieillards qui ne venaient que pour fumer ces mégots.

Mais la vieille de l'auberge dut arrêter ce plaisir de longue date à cause d'O-Yuki.

La mère d'O-Yuki, ancienne prostituée dans une ville portuaire, était en réalité sa belle-mère. Tous les cinq ou six jours, elle faisait une apparition à l'auberge, très fardée et accompagnée du frère cadet d'O-Yuki. Cherchant par tous les moyens à plaire à l'entourage, elle extorquait en cachette un peu d'argent à sa belle-fille.

Le père d'O-Yuki, travailleur journalier, était toujours absent de chez lui. Il logeait au village voisin, sur deux vieux tatamis, dans la resserre d'une maison paysanne.

Son grand-père restait seul au port situé à mi-distance du trajet du car qui faisait la navette entre le bourg du bord de mer, sa ville natale, et la station thermale. Là, il attendait les raiforts et le tabac que sa petite-fille lui envoyait.

Le car contournait un promontoire légèrement surélevé, et, soudain, la couleur des buissons de camélias en pleine floraison le long de la mer, et le chatoiement des montagnes couvertes de mandarines, inondaient le regard. La route, toute droite, se glissait là et descendait vers la baie. Dans le port, il y avait trente à quarante bateaux joliment aménagés qui avaient été remis à flot. Entre les arbres, on n'apercevait que les grands toits de tuile et les murs blancs des hangars. On ne pouvait croire que, dans l'abondance de cette ville, vivait une famille aussi pauvre que celle d'O-Yuki. De plus, c'était un hameau dégrevé des impôts communaux.

Dans ce village, la mère d'O-Yuki avait été prise de fièvre en mettant au monde son jeune frère. Elle fut sauvée de justesse pour un certain temps, mais devint folle. Son père et son grand-père s'étant absentés dans la journée pour aller travailler, O-Yuki l'avait aperçue en crise et lui avait délicatement retiré l'enfant du sein. Le matin, avant d'aller travailler, le père lui liait les pieds et les mains, mais O-Yuki lui détachait les cordes de paille. Environ quarante jours plus tard, elle mourut.

A dix ans, O-Yuki était en troisième année d'école primaire où elle se rendait avec le bébé ficelé dans le dos. C'est elle qui faisait tout : elle préparait les repas pour son père, cousait les vêtements, et donnait les soins au bébé. Elle avait recueilli un chien errant qu'elle nourrissait. C'était son seul luxe. Quand, à minuit, elle allait à pied chercher du lait, le chien la suivait fidèlement.

« J'ai horreur d'être assis à côté d'une nourrice ! » dit un enfant qui s'était mis à pleurer, assis à côté d'O-Yuki dans la classe. Chaque fois que le bébé pleurait, O-Yuki devait sortir. Pendant la récréation, elle devait lui changer ses couches et lui donner son lait.

Elle étonna l'école quand elle fut reçue première en classe de quatrième année. Les parents des enfants pleurèrent quand elle alla devant le directeur, le bébé dans le dos, pour recevoir son prix. La rumeur d'après laquelle le directeur de l'école avait demandé une subvention au gouverneur de la province lui était parvenue. Il n'y avait pas d'être vraiment mal intentionné face à la faiblesse physique d'une enfant qui, après tout, n'était vraiment qu'une enfant. Quand arrivèrent les vacances d'été, à la fin de la quatrième année, O-Yuki cessa l'école.

Elle éleva finalement le bébé toute seule jusqu'à ce qu'il eût trois ans. C'est alors qu'arriva sa belle-mère. Mais cela n'apporta pour elle aucun changement, car elle s'occupait toujours de la lessive et de la cuisson des repas. Quand elle désherbait la rizière avec le bébé sur le dos, sa belle-mère lui attrapait les cheveux et la faisait tourner en la tirant dans la rizière boueuse. C'est le genre de spectacle que regardaient quotidiennement les voisins.

« Ça... ça... ça... et ça là aussi, tout ça, ce sont les cicatrices de cette époque », disait O-Yuki dans les bains de l'auberge en parcourant du doigt ses bras et sa poitrine. Elle riait à la légère comme si elle usait d'un artifice pour attirer les hommes, les obligeant à la regarder complètement nue.

Mais comme O-Yuki était alors trop misérable, une tante qui habitait la ville où se trouvait la station thermale la fit venir chez elle. Au moment où arriva la nouvelle d'une subvention accordée par l'administration provinciale, O-Yuki était déjà à la ville dans la maison de geishas. Puis son père alla travailler dans la montagne.

Chez sa tante, on vendait des fleurs artificielles au rez-de-chaussée et, au premier étage, c'était une maison de geishas.

« Dans cette maison, je ne faisais que fabriquer des fleurs artificielles ou garder des enfants », disait-elle à l'auberge sur un petit ton moralisateur. Elle marchait en portant un shamisen et un change de kimono. Assurément, c'était bien une apprentie geisha.

C'est pourquoi la subvention fut annulée. Avec ses joues qui s'empourpraient subitement et ses yeux ronds toujours en mouvement, elle bavardait en filant à petits pas pressés, la nuque complètement recouverte de poudre blanche. Un feu doux brûlait dans son corps.

Mais, quand elle percevait un indice qui aurait pu la forcer à prendre un client, elle filait aussitôt de la maison de sa tante. C'était sans doute parce qu'elle ne pouvait oublier la « rumeur de la subvention ».

O-Yuki passa à l'endroit où travaillait son père et y trouva sa belle-mère fort changée et très attentionnée à son égard.

« Maintenant, je peux très bien gagner ma vie n'importe où. Je n'ai aucune raison de rester dans un endroit qui ne me plaît pas », se disait O-Yuki avec cette confiance en soi qu'elle avait solidement acquise dans la maison de geishas. Cette confiance se manifestait sans qu'elle en fût consciente, même dans la façon qu'elle avait de regarder bien en face sa belle-mère. Celle-ci, sous ce regard, recula d'un pas. O-Yuki se mettait ainsi à prendre la vie de haut, forte de la nouvelle arme qu'elle possédait. Une telle attitude équivalait à faire un pas en avant vers le statut de geisha.

Mais, en fin de compte, une telle conception chez une petite jeune fille comme elle était tout aussi illusoire que de rêver à un beau mariage. Animée de la fierté de se sentir une jeune fille promise à monter toujours plus haut dans l'échelle sociale, elle ne cessait de devenir toujours plus maligne et, en même temps, toujours plus inconstante.

Alors qu'elle dormait dans les bains de sources chaudes près du torrent, O-Taki lui avait dit :

« Oh ! Prends bien soin de toi. »

En effet, elle prenait bien soin d'elle-même, car elle se fixait un prix de vente de sa propre personne. Cette fragilité même que constituaient, réunis, ce « prix de vente » et ce « manuel de bonne conduite », voilà bien quel était le charme insolite d'O-Yuki.

Elle répondit aux compliments de sa belle-mère qui était venue à l'auberge avec des formules tout aussi habiles, et quand celle-ci entra dans les bains de sources elle alla l'épier en cachette et dit à la patronne de l'auberge :

« Madame ! Ne faites surtout pas confiance a ce que raconte cette femme. Elle ne cesse de battre mon frère, car je viens de voir sur lui cinq ou six ecchymoses. »

Et quand les hommes essayaient de l'amadouer avec des paroles doucereuses, cette jeune fille de seize ans ne manquait pas d'entrevoir ce même genre d'ecchymoses derrière leurs propos.

Au deux cent dixième jour de l'année, le temps était bien dégagé et on pouvait même voir la fumée des feux qu'on allumait dans les montagnes lointaines pour faire du charbon de bois. De très nombreuses libellules rouges volaient dans la vallée.

Mais, au deux cent treizième jour, il y eut une tempête, et la lumière aussitôt allumée le soir s'éteignit. Le gardien, ayant fermé les persiennes alors qu'il faisait encore clair, était venu en imperméable jusqu'à la chambre des servantes apporter des bougies. O-Taki les prit et, regardant dehors par les interstices des volets, dit à O-Toki :

« Toki !... Inutile de regarder comme ça ! On voit bien que tu ne peux pas rentrer chez toi par une pluie pareille. Va donc apporter cette bougie à la chambre vingt-six. »

Toutes les filles applaudirent. O-Toki éteignit la bougie qu'on venait de lui donner et resta plantée là.

A partir du deux septembre, les sept filles ne furent plus que quatre. Celles qui étaient venues à l'auberge pour la saison d'été étaient rentrées chez elles. Il y avait Takako, la myope, nièce du patron qui avait terminé sa scolarité et se préparait à entrer à l'école des sages-femmes. Ensuite O-Tani, employée à l'auberge et qui avait entre quatorze et dix-sept ans. Comme sa maison était proche et qu'elle était au courant de tout, on l'appelait chaque fois qu'on avait besoin d'elle. D'ailleurs, la grand-mère l'aimait bien et on racontait qu'elle avait déjà acheté tout ce qu'il fallait pour son mariage avec l'argent qu'elle avait gagné à l'auberge. C'était quelqu'un qui savait bien où elle allait. Il y avait enfin O-Toki, fille de paysans des alentours, qui était revenue en visite ce jour-là, depuis le matin, lorsque la tempête s'était mise à se déchaîner.

Le bruit sourd des grosses pierres qui roulaient dans le torrent parvenait jusqu'au chevet des filles qui dormaient. En plein milieu de la nuit, O-Toki entrouvrit la porte de la chambre en la faisant grincer et s'en alla. Dans le couloir, on entendit le craquement d'une allumette. Alors, O-Yuki s'écria comme si elle allait exploser :

« Bravo ! » puis, roulant par-dessus O-Yoshi, elle alla jusqu'à O-Kinu qui était couchée contre le mur.

« Oh ! mais tu me chatouilles !

— Vous faisiez donc toutes semblant de dormir ? Quelle ruse !

— J'ai bien deviné la situation, dit O-Yoshi. C'est moi qui ai laissé dormir O-Toki près de la porte. »

O-Yuki avait un accès de fou rire qui secouait son genou relevé.

« Quand même ! On ne devrait pas se moquer d'une fille aussi naïve.

— Mais elle n'est pas du pays, Yuki... ne le dis à personne sinon elle ne pourra plus se marier... » insista O-Kinu. Alors O-Taki prononça sur un ton tranchant :

« Ça n'a pas d'importance. Tout ça ne l'empêchera pas

de cultiver la terre. En tout cas, elle est meilleure que toi car elle ne fait pas ça pour de l'argent !

— Moi ? Moi ?... Quand ai-je reçu de l'argent ? »

O-Kinu s'approcha dans l'obscurité et saisit O-Taki qui lui attrapa les deux mains et les lui tordit.

« Alors ? Tu aimais donc ce type ? »

O-Taki la lâcha vivement en la faisant tomber et ajouta :

« Je n'aime pas ta façon d'aimer, tiède comme du saké refroidi ! »

O-Kinu avait été apprentie chez un coiffeur de la ville basse à Tōkyō, dans le quartier des geishas. On l'entendait souvent dire qu'elle voulait économiser ce qu'elle gagnait à l'auberge pour retourner à Tōkyō, afin d'être à nouveau apprentie coiffeuse. Elle se coiffait comme une geisha et se montrait d'autant plus heureuse quand les clients s'en rendaient compte. Elle était de petite taille, la peau plutôt sombre, et elle voulait servir les jeunes clients citadins, même quand ce n'était pas son tour.

Cet été-là, malgré les semonces du patron et les moqueries, elle avait passé deux semaines dans la chambre d'un étudiant qui était venu pour soigner une dépression nerveuse.

Durant tout l'été où les clients affluaient chaque jour, il n'y eut, en tout et pour tout, que deux histoires sentimentales entre clients et servantes, celle d'O-Kinu et celle d'O-Toki. Et pourtant, elles étaient plutôt les moins belles de toutes.

Le partenaire d'O-Toki était un peintre itinérant qui allait d'auberge en auberge, peindre des cloisons mobiles. O-Toki était une simple fille de paysans, morne, aux yeux enfoncés, mais, dans le bain, sa peau blanche avait une beauté inattendue.

Le lendemain de la tempête, la plate-forme où séchait le linge était jonchée de feuilles vertes, arrachées par le vent. Le sable avait envahi le bassin des bains de sources situé au bord du torrent. Les enfants avaient tendu leurs filets le long de la rive où dévalait sur de gros rocs une eau rouge et terreuse. Alignés, ils les tenaient à la main et attrapaient les petits poissons assommés par la violence du courant. Une mère avec son enfant, jongleurs itinérants, regardaient ce spectacle.

Tous les ponts en planches qui servaient à passer d'une rive à l'autre s'étaient complètement effondrés. Les planches, qui étaient attachées avec un fil de fer, étaient restées accrochées à une des rives et flottaient dans le courant.

Bien que les eaux du torrent eussent baissé, les silhouettes des pêcheurs de truites ne se voyaient plus. Les filles se réunissaient dans la chambre de l'ingénieur métreur, et le peintre itinérant avait commencé à peindre les parois des pièces libérées par le départ des clients.

En cette triste saison, le village devenait bruyant et affairé. On commençait à entendre les voix fortes des villageois.

Les filles du village qui étaient employées comme servantes dans la première auberge du pays s'arrangeaient pour démissionner en même temps, et, dans la seconde auberge où travaillaient O-Taki et les autres, les villageois se réunissaient pour évoquer les vieilles histoires concernant le patron de la première auberge.

« Il a été poursuivi pour avoir substitué un échantillon de minerai prélevé par les ingénieurs, et qui contenait beaucoup d'or.

— Oui, à ce qu'il paraît ! Et comment s'est terminé ce procès ? L'ingénieur a été renvoyé, mais, lui, ce type, a récolté des dizaines de milliers de yens d'argent frais qu'il avait encaissés en acompte.

— On ne sait pas combien d'escroqueries de ce genre il a pu monter.

— Tiens... autrefois, à l'époque de la chasse au cerf, des ministres et des militaires haut placés séjournaient souvent là. Le patron leur demandait de faire des calligraphies, et comme il était lui-même très fort en cet art, il en faisait dix ou vingt faux et les revendait. A ceux qui venaient chez lui, il disait qu'on les avait dessinées pour lui, et tout le monde le croyait. On disait qu'il s'était ainsi constitué une fortune. Dans une auberge comme ça, en pleine montagne, si on faisait honnêtement son commerce, on ne pouvait pas accroître son patrimoine d'une façon aussi impressionnante. Cette auberge-ci en est une bonne preuve. »

Puis, sous l'emprise du saké :

« Et si on arrêtait la source qui coule jusque chez lui ?

— Puis nous irons tous ensemble plonger ce vieux dans le torrent ! »

La petite route qui menait à ces sources allait être élargie pour les voitures. Ceux qui allaient en tirer le plus de profit étaient les aubergistes. Or le patron de la première auberge du pays avait refusé nettement de participer aux frais des travaux.

Environ une dizaine d'officiers de police étaient descendus dans l'auberge en question et s'exerçaient chaque jour au tir à l'arc. Avant qu'ils se soient lassés de leur arc, le village était redevenu calme.

Alors que, dans le couloir sombre, O-Taki fermait les volets, elle sursauta en criant. Elle avait marché sur une énorme feuille verte de paulownia. Elle ne voulait pas retourner à la boucherie du village.

La patronne, tenant son ventre gros de sept mois, faisait avec peine le nettoyage des toilettes. Elle ne voulait pas faire faire ce travail par les servantes. C'était pénible à voir.

Un homme à l'allure de flambeur séjourna à l'auberge. Il allait chaque jour surveiller les travaux d'une maison située en amont de la rivière.

Puis arriva un groupe de terrassiers, immigrés coréens. O-Kinu courut jusqu'à la chambre des filles pour leur dire :

« Regardez ! Ils marchent en portant leurs casseroles et leurs marmites. »

Les femmes coréennes, vêtues d'une longue jupe blanche toute fripée et chaussées de sandales en tissu, marchaient courbées, en portant sur leur dos d'énormes baluchons contenant leurs ustensiles de ménage.

En aval du torrent, on entendait le bruit de la dynamite.

La vieille maison vide et délabrée en amont devint un joli petit bordel. Or, à la grande surprise générale, O-Kinu alla s'installer là-bas. En réalité, les filles avaient toutes été instamment invitées par l'homme aux allures de flambeur, et, évoquant ces habiles paroles prometteuses de gros gains, elles jasaient sur O-Kinu.

Au cœur de l'automne

Elles avaient ramassé et assemblé dans leur chambre une quinzaine d'éventails que les clients avaient oubliés là durant l'été. O-Yuki, ouvrant deux de ces éventails masculins, se mit à danser, les lèvres solennellement closes comme les geishas lorsqu'elles se donnent en spectacle.

« Mais alors, n'est-ce pas... Si tu n'étais pas venue ici, tu serais sans doute une geisha ! dit Kurakichi assis en tailleur contre un vieux bahut laqué, ses deux bras entourant un de ses genoux relevé. Et alors, en quelque sorte, je n'aurais pas pu voir la danse de mademoiselle Yukiko...

— Mais je n'ai pas été apprentie geisha. Je n'ai fait que m'occuper d'enfants », répondit O-Yuki d'une voix chantante. Alors Kurakichi, suivant des yeux les gestes d'O-Yuki, se mit à battre la mesure sur ses cuisses nues, et O-Yuki dansa au rythme incertain des battements de Kurakichi. Les mollets de la jeune fille s'échauffaient, le bord de son kimono était tout en désordre. En proie au vertige, elle tourna les talons et se laissa choir sur une pile de coussins en s'appuyant contre le bahut.

« Hé ! Monsieur Kura, il ne faut pas vous laisser aller comme ça dans les vapes !

— Dans les vapes ? Qu'est-ce que tu racontes ?

— Quelque chose comme ça ! répondit O-Yuki en jetant de sa main droite son éventail dans le dos de Kurakichi.

C'est justement parce que ça me déplaisait de devenir geisha que je me suis enfuie de chez ma tante. »

En ayant l'air de lui dire qu'elle ne pourrait faire son partenaire d'un vagabond comme lui, de ses yeux ronds, elle lui jetait un regard hautain, puis se montrait câline et, se parant à nouveau de l'éventail, se remettait à danser. Kurakichi, un léger sourire aux lèvres, tapait sur ses cuisses avec l'éventail que lui avait jeté O-Yuki. C'était des cuisses blafardes comme celles d'une femme forte dans la quarantaine. Ses lèvres étaient épaisses et ses joues rouges. Sa veste de travail en coton ne lui allait pas du tout. Il se dégageait de sa chair une terrible force de bête sauvage.

Depuis trois ou quatre ans, en été et à l'automne, aux saisons où l'auberge était en pleine activité, Kurakichi arrivait là, sans prévenir, d'on ne savait où... « On est sûr de le revoir »... cela signifiait qu'en pleine affluence à l'auberge, sa silhouette apparaissait. Comme il n'y avait pas assez de personnel, on le faisait aider à la cuisine, aller chercher des clients ou les raccompagner. C'était toujours à ces moments-là qu'il finissait par rester. C'est pourquoi les gens de l'auberge l'évoquaient en ces termes :

« Tiens ! on dirait qu'on va voir apparaître Kurakichi ! »

Du reste, lors d'un de ces étés si agités, il se trouva qu'une jeune fille nommée O-Kayo, relation du patron de l'auberge, vint pour aider. A partir du premier jour de l'automne, de nombreuses chambres se trouvaient vides. Kurakichi, chaque soir, accompagnait O-Kayo pour fermer les volets. Une fois, en pleine nuit, ils allèrent tous les deux aux bains près du torrent.

Même après avoir été chassé par le patron, il revenait l'air innocent au premier janvier et quelqu'un finissait spontanément par lui donner des ordres.

Trois mois plus tard, au printemps, arriva une lettre d'un restaurant de sushis de la ville. Elle était adressée à O-Yuki, petite jeune fille de seize ans, et l'informait, de la même façon dont on aurait donné des nouvelles du temps, d'une maladie que Kurakichi avait contractée d'une femme du restaurant. Cet été-là, il retourna à l'auberge des filles. A l'automne, il suivait O-Yuki partout. Il fermait les persiennes pour elle, lavait les bains à sa place, préparait les chambres des clients et la regardait danser les danses qu'elle avait vues dans la maison de geishas.

O-Taki arriva brusquement là où se déroulait la performance.

« Hé ! Yuki... regarde où tu mets les pieds ! Essaye de sautiller sans abîmer les tatamis. Je trouve que tu exagères parfois !

— Mais monsieur Kura désire aspirer la poussière ! Ça lui fait goûter l'air de la ville !

— Ah ! c'est ça ?... Il y avait un étudiant prétentieux que je détestais. Il ordonnait de faire le ménage de la chambre et, quand je lui demandais de se pousser, il me regardait fixement en disant que la poussière était bonne pour lui. L'air de la montagne était trop pur, il lui fallait l'atmosphère de la ville. A ce moment-là, O-Yuki arrivait qui frottait le couloir. Ah, oui ! Les paroles de cette délinquante étaient bien agréables ! Dites-moi... quel air se dégageait de l'eau sale de son seau ; monsieur Kura... quand vous la regardez danser, de quel air vous délectez-vous ? Elle cherche à vous exciter. Quelle idiote ! »

O-Yuki jeta à nouveau son éventail sur les genoux de Kura.

« L'autre jour, O-Yuki a pourtant dit qu'elle savait bien danser ! Elle l'a répété au moins quinze fois.

— Yuki... ne crois-tu pas ?... Tu devrais avoir honte de vouloir séduire un type comme ça pour en faire ton premier homme ! Tu pourrais attendre et le mettre au quinzième rang. »

Kurakichi se leva avec un sourire blafard.

« La patronne a dit qu'il fallait balayer la plate-forme du séchoir.

— Le séchoir ? répondit O-Yuki en faisant glisser la porte coulissante. Oh là ! C'est terrible... c'est plein de feuilles ! »

L'estrade où se trouvait le linge à sécher était une surface recouverte de feuilles jaunes, ou plutôt vertes, qui venaient de tomber la nuit d'avant, le vent d'automne ayant soufflé avec violence.

L'emplacement du séchoir se trouvait juste à l'extérieur de la fenêtre de la chambre des filles.

Dans cette chambre, il y avait un grand coffre avec un paulownia incrusté dans la laque noire, emblème de la famille. La poignée en forme d'anse de vase métallique était toute rouillée. Elles y mettaient de vieux outils de paysans et le linge à lessiver. Les yukatas des clients et les draps étaient bien rangés, et, dans le coin de la chambre à dix tatamis, étaient empilés les coussins plats et la literie. Dans un placard, étaient fourrés pêle-mêle des boîtes vides et des bouts de chiffon. Sur une étagère fixée au mur au-dessus du coffre, s'empilaient un miroir à pied brisé, une boîte à savon vide tenant lieu de boîte à fards, un vieux shamisen, et un parapluie cassé. On ne savait à qui tout cela pouvait bien appartenir. La confection des vêtements molletonnés avait commencé, et les ciseaux brillaient sur les tatamis élimés où s'éparpillaient des bouts de fils et de vieux caramels.

Après avoir fini de balayer, les filles descendirent en sautant de la plate-forme dans leur chambre. Go-Hachi, le cuisinier, était assis là en tailleur et retournait une à une de sa main droite les cartes à fleurs qu'il tenait dans sa main gauche.

« On n'a pas le temps de regarder ça, nous sommes occupées, dit O-Taki en s'asseyant et ramassant son aiguille.

— Mais c'est histoire de passer le temps.

— Alors, cette boutique... tu l'as ouverte ?

— Non ! j'ai complètement raté !

— Tu dis que tu as raté, n'est-ce pas plutôt toi qui t'es fait mettre à la porte ?

— Non... Très vite, ça m'a déplu !... Je n'en ai pas encore parlé, qu'est-ce que c'est donc que cette chose-là ? »

O-Taki ramassa la chose que Go-Hachi avait sortie et jetée de son tablier.

« Ah ! c'est une queue de bonite séchée ?

— Oui, je l'ai trouvée en ouvrant ma valise ce matin. Quelqu'un l'a mise là, à la place d'une autre qui était fraîche.

— Ah ! j'ai compris ! C'est monsieur Go-Hachi qui a chapardé une queue de bonite ! Cette salope d'O-Yoshi. Cette bonne femme est malade d'aller fouiller dans les bagages des gens.

— O-Yoshi après l'avoir trouvée l'a portée à sa grand-mère. Elle a dit que sa grand-mère en manquait alors et donc qu'elle l'avait prise et en avait mis une vieille à la place. Quand j'ai entendu ça, je n'ai pas pu me retenir.

— Mais elle n'en a changé qu'une ? demanda O-Yuki, les mains posées sur les épaules de Go-Hachi.

— Ni le patron ni O-Yoshi ne m'ont dit quoi que ce soit.

— ... Si on ne vous a rien dit au sujet d'une affaire aussi insignifiante, Go-Hachi, vous feriez mieux de faire comme si vous n'étiez au courant de rien, dit O-Yuki en faisant bouger ses mains sur les épaules de celui-ci.

— On ne va pas mettre le monde sens dessus dessous pour une histoire aussi inintéressante.

— Quoi ? Voilà bien la façon de faire de petites jeunes comme vous ! Eh bien ! à partir de maintenant, Go-Hachi ne se taira pas ! » s'écria O-Taki en quittant la pièce. Elle attrapa les seins d'O-Yoshi qui se trouvait dans la cuisine, la traîna le long du couloir, la jeta devant Go-Hachi en disant :

« La voilà. »

Go-Hachi ne faisant pas très attention, elle la traîna de nouveau jusqu'à la porte d'entrée, et, l'immobilisant en lui tenant le cou des deux mains, la battit.

« Imbécile ! imbécile ! F... le camp ! » Elle lui piétina le ventre en faisant crisser ses pieds chaussés de tabis. O-Yoshi se contenta de recevoir les coups sans rien dire.

« Holà ! » Kurakichi s'était précipité sur O-Taki.

Titubant, elle tomba à la renverse sur une grande étagère à gétas.

« Qu'est-ce que tu fais ? De quoi te mêles-tu ? C'est la place de Go-Hachi que tu vises ? »

Puis, se décidant à le regarder en face :

« Brute ! » dit-elle, et soudain, baissant la tête, elle se précipita sur le torse de Kurakichi et le mordit.

Des terrassiers japonais arrivèrent une semaine après les Coréens. Le chef de chantier habitait dans une maison non loin de l'auberge des filles.

Au bordel voisin, deux femmes étaient arrivées qui étaient les partenaires de soldats en ville. O-Saki, avait été obligée d'aller, à la place de l'auberge, dans la nouvelle maison en amont du torrent. Son prix avait triplé en conséquence. Puis, cinq jours ne s'étaient pas encore passés qu'O-Kiyo ne put plus se lever de son lit.

Les villageois s'étaient tout de suite rendu compte qu'O-Kiyo était malade. Depuis l'été, son occupation quotidienne était de monter au village qui longeait la route avec un nourrisson ficelé sur son dos et en traînant par la main une fillette de quatre ans. Quand elle atteignait la route, trois ou quatre petits enfants venaient se blottir à ses pieds.

Quand les villageois rencontraient O-Kiyo et lui adressaient en premier la parole, il se dégageait une douceur triste de ce visage mince et pâle à la coiffure nette surmontée d'un chignon. Sans doute parce que sa maladie la faisait dormir beaucoup, ou que, tout simplement, elle aimait bien dormir, elle était toujours en train de relever les petites mèches qui lui tombaient dans la nuque. Son silence effrayait. Les gens la trouvaient étrange et, devant l'attachement que les enfants avaient pour elle, ils se demandaient de quoi elle pouvait bien leur parler. Grâce à eux, et parce que les petits enfants du bordel ne quittaient pas son chevet, elle pouvait rester dormir là, sans qu'on la chassât.

Toutefois, à cause de l'expérience acquise depuis de longues années, elle sentait qu'un groupe d'hommes était arrivé et ne pouvait se calmer comme si elle avait été énervée par le vent.

C'est avec la joie d'une écuyère de cirque attendant la Fête qu'elle prédisait « sa mort certaine avant la fin des travaux », et décrivait la vision qu'elle avait de son propre enterrement, avec la file de ses enfants chéris derrière le cercueil gravissant le flanc de la colline.

Entre O-Kiyo, autochtone montagnarde, complètement imprégnée de l'eau des sources chaudes, et le patron de la nouvelle maison en amont du torrent, il y avait un contraste excessivement ténu. Lui se déplaçait d'un endroit à l'autre où se trouvaient des travaux, et faisait prospérer le commerce des filles au fur et à mesure de ses itinéraires, depuis la saison où les clients de l'auberge portaient des yukatas, jusqu'à celle où ils se vêtaient de kimonos molletonnés.

Mais, comme si elles revivaient les temps anciens de la « traite des femmes », les filles de l'auberge se détournaient de son chemin.

Les terrassiers ne pouvaient que jeter un coup d'œil au premier étage de l'auberge, à travers les arbres du jardin. Là, les articles de qualité supérieure étaient trop chers pour eux.

Après avoir fini de peindre les cloisons, le peintre itinérant s'en alla en carriole à travers la montagne. Apparemment, il partait sans rien dire à O-Toki. Au relais où l'avaient accompagné O-Taki et les autres, il dit en riant : « Dites à O-Toki que si elle a envie de me voir, elle n'a qu'à vite abîmer sa cloison ! »

Quand elles revinrent à l'auberge, dans leur chambre, elles se calmèrent, et se remirent à coudre les kimonos d'hiver comme si elles avaient complètement oublié l'histoire d'O-Toki et de son peintre. C'était la saison creuse. Elles avaient ramassé les vieilles revues que les clients avaient laissées dans les chambres, mais personne ne les lisait. Ne pensant qu'à leur pays natal ou à leur mariage, elles ne remarquaient les couleurs de l'automne à la montagne que du samedi au dimanche, quand des groupes de touristes venaient contempler les feuilles flamboyantes.

Quatre jours après le départ de Go-Hachi, elles n'en parlaient déjà plus.

Le poissonnier du village vint s'excuser pour lui.

« Mais ce n'est pas moi qui ai insisté pour qu'il s'en aille, grommela la patronne en colère. Ce type en prend trop à son aise. Quand on est débordé de travail, il est assis dans le salon. Il passe son temps à ne rien faire et n'est jamais là quand on a besoin de lui. C'est un homme qui, lorsqu'il reste quelque part pendant longtemps, ne supporte plus aucune contrainte. »

Cela faisait huit ans que Go-Hachi qui approchait de la cinquantaine travaillait dans cette auberge. Il avait passé la première moitié de sa vie à manier le couteau du cuisinier, allant de ville en ville, le long de la côte. C'est alors qu'il s'était coupé le bout du majeur de la main gauche. Il avait eu vraisemblablement deux ou trois femmes. « Vraisemblablement », car, à l'auberge, on lui avait fait complètement oublier son passé. Pendant tout le temps où il y était resté, il avait fini par ne plus en parler. Ce n'est pas qu'il le cachait, mais cela ne lui disait plus rien de l'évoquer.

De son passé qui s'était déroulé d'un quai de bateau à l'autre, montait naturellement une odeur d'objets coupants. Quand il était venu dans ces montagnes, il avait épousé une femme avec un enfant qu'il s'était mis à aimer. Puis, inconsciemment calmé, il pensait que cette terre serait sa tombe.

Cette pensée, tout comme la vision d'O-Kiyo imaginant son enterrement, lui avait fait naître l'espoir qu'il ouvrirait un petit restaurant. Cet espoir rassurant, il pouvait le garder jusqu'à sa mort. Il était si tranquille dans cette auberge qu'il lui était permis de faire de tels rêves. Quand il voulait, il allait arracher les patates, partait pêcher, retournait à sa guise au village voisin où il avait sa maison, bref, il avait les manières d'un vieil employé menant une vie heureuse. La seule rigueur qui lui restait d'autrefois était d'être toujours le premier levé à l'auberge.

Toute l'année, il portait une chemise en coton blanc, une veste courte avec l'emblème de la maison, et un caleçon qui lui descendait à mi-mollets. De plus, il vivait sans avoir besoin d'un costume habillé. Dans une forme excellente, comme au temps de sa jeunesse, quand il menait une vie de soldat, il était basané et ressemblait à un grand épouvantail en papier gris. Il avait l'habitude d'aller bavarder dans la chambre des clients qu'il connaissait bien, après avoir bu un petit flacon de saké. Dix minutes ne s'étaient pas écoulées, qu'il dormait déjà.

Étant donné sa personnalité, il n'avait pu supporter cette histoire de bonite séchée.

Dans la grande cuisine tout équipée de planches, Kurakichi, malgré sa bonne volonté, n'en avait pas moins des doigts épais et maladroits de paysan comme Go-Hachi. Les servantes s'étaient bien entendues pour le mépriser et l'éviter, mais ce ne fut que de courte durée. Elles eurent vite fait de se grouper derrière son dos pour piquer ce qui restait de la coupe des sashimis.

Le matin, quand les groupes partaient, elles prenaient les œufs crus qui restaient sur les plateaux de service, les cachaient, et lorsqu'elles balayaient le couloir, les faisaient bouillir dans la bouilloire à thé.

Ou bien, quand les clients qui séjournaient longtemps leur plaisaient, elles faisaient passer les restes de leurs repas sur leur propre plateau et les mangeaient. Mais il s'agissait toujours d'un client masculin. Instinctivement, elles ne regardaient jamais ce qui était sur les plateaux des clientes.

« Si on sait que la personne en question n'est pas malade, ça n'a rien de sale ! » dit l'une des filles aux autres en avançant ses baguettes.

N'étaient-elles pas alors entièrement dominées par leur féminité et leur instinct de la famille ? Une seule et même fille à la fois, parmi elles, avait le droit de manger de façon continue la nourriture laissée par un homme. Cela avait toujours été chez elles une règle orale. C'était leur secret qu'elles prenaient grand soin de ne pas révéler aux clients. Celle qui manquait le plus de constance, néanmoins, dans la pratique du plateau, c'était O-Kinu. Lorsqu'elle déménagea à la maison en amont du torrent, ce fut O-Yuki.

Mais celle qui d'abord se tint en tendant la main devant la petite table du chef de chantier, ce fut l'exceptionnelle O-Taki. Les filles, obéissant à leur loi, déclarèrent qu'O-Taki avait le champ libre pour se servir des restes de cet homme-là.

Le matin, en balayant le jardin, les filles se rendaient compte, bon gré mal gré, qu'elles étaient au cœur de l'automne. La courte silhouette d'O-Yuki, complètement dépassée par le grand manche de son balai en bambou, lui donnait l'air d'une toute petite et innocente jeune fille.

O-Yuki alla avec son balai qu'elle traînait comme un ornement du côté où on entendait les voix des femmes des Coréens. Ceux-ci avaient loué une maison en face de l'entrée de l'auberge, où ils vivaient en communauté. C'était une maison de paysans dépourvue de parois et de portes coulissantes. Assises sur la margelle du puits dans leur jupe blanche toute gonflée, les Coréennes faisaient la vaisselle du matin. O-Yuki contemplait ce spectacle, lorsque, se retournant tout à coup, elle aperçut entre les branches du vieux sapin la porte de l'auberge légèrement entrouverte. Elle déposa contre un arbre son balai en bambou et se faufila.

O-Taki était accroupie près de la porte d'entrée, un peu en avant de la maison, en train d'enrouler des guêtres jaunes autour des jambes du chef de chantier. Son cou blanc et sa coiffure à coques avaient l'air, près des genoux de l'homme assis là, de tristes objets perdus trouvés par hasard.

« O-Taki... mais... »

O-Yuki se demandant ce qui était arrivé à O-Taki ne trouvait pas de mots pour s'exprimer clairement.

« Dis donc ! O-Taki... », puis, sentant ses joues devenir froides, elle se dirigea vers le jardin derrière la maison.

Les coudes appuyés sur la rambarde du petit pont, elle balançait doucement les jambes. Les rayons de soleil plongeaient dans l'eau peu profonde. Ses larmes se mirent à couler lentement. Son attachement inexprimable pour O-Taki emplissait son cœur.

O-Taki sortit d'un placard des édredons tout tachés et durs, car, pour les servantes, on ne faisait pas de différence entre les matelas qu'on étalait par terre et les édredons avec lesquels on se couvrait.

« J'ai encore vu une explosion, aujourd'hui, dit-elle, j'adore ce bruit de détonation quand la pierre éclate en morceaux ! »

O-Yuki expira profondément et se laissa choir sur le futon rigide.

« Je ne peux plus arriver à dormir si je ne sens pas cette odeur d'explosifs ! » Puis cachant son visage dans ses mains, O-Taki se mit à rire comme si elle avait perdu la tête.

« Hé là ! » Elle se retourna, se releva et bourra de coups de pied le dos d'O-Yuki.

« Mais qu'est-ce qui te prend ? » Un rire saccadé secouait O-Yuki qui semblait ne pas s'apercevoir des coups de pied d'O-Taki.

« Allez ! O-Taki !... le nettoyage des bains !... le nettoyage des bains... tu as encore cette tâche à faire. Si ce n'est pas fait... tu vas avoir les yeux rouges !... » dit O-Yoshi en étalant bruyamment son matelas.

C'était l'heure où les filles liaient leur kimono de nuit avec une étroite ceinture et descendaient pour nettoyer les bains.

« Bon ! j'y vais... alors, bonsoir !... » O-Taki sortit seule en claquant violemment la porte en bois de la chambre des servantes.

O-Yoshi et O-Kichi s'étaient tout de suite endormies. On pouvait entendre le bruit de l'eau dans les bains, en bas. Alors O-Yuki, joignant frileusement les manches de son yukata, descendit. A ce moment-là, elle était comme une enfant, toujours accrochée aux basques d'O-Taki.

Du lit du torrent, une voix appelait :

« O-Taki ! O-Taki ! »

O-Taki ouvrit la porte coulissante, et sortit sur la plate-forme où séchait le linge. O-Kinu se tenait là tristement.

« Qu'y a-t-il ?

— Bonjour !

— Entre donc !

— Oui... mais... » O-Kinu s'approcha de la plate-forme et leva les yeux.

« Alors "Mesdames", vous allez toujours bien ?

— Nous ne sommes pas assez chic pour qu'on nous appelle "Mesdames".

— Justement, je suis venue te demander quelque chose.

— Entre donc !

— Eh bien... je... », elle baissa la tête tout en ajustant son châle.

« J'ai prêté un peu d'argent à des ouvriers...

— Pfff...

— ...et je ne peux pas arriver à le récupérer.

— C'est bien, ça. Faire un geste gratuit pour des pauvres types qui n'ont pas le sou !

— Ce n'est pas du tout ce que tu crois.

— Le bruit court que là où tu es, c'est ce qu'il y a de plus cher !

— Oh non ! En fait, le patron est très strict. Il ne laisse pas monter les clients sans les faire payer d'avance.

— Qu'est-ce que tu racontes ? Ceux qui n'ont pas assez d'argent, tu n'as qu'à leur dire de venir faire un tour chez O-Taki. Quand tu rentreras, tu leur annonceras ça !

— Mais c'est vraiment de l'argent que j'ai prêté.

— De l'argent ?

— Oui. Si j'étais restée ici, je n'aurais pas pu me le permettre. Je suis allée dans cette maison, mais je n'ai pas l'intention d'y rester longtemps. L'année prochaine, je veux absolument aller à Tōkyō pour être apprentie coiffeuse. J'ai pensé prêter un peu aux ouvriers avec un petit intérêt.

— Ça alors !... tu m'épates ! Avec l'argent qu'ils t'ont emprunté, ils t'achètent... et, en plus, tu dois toucher un intérêt ?

— En fait ils sont nombreux à ne pas me rendre ce que je leur ai prêté. O-Taki... tu ne voudrais pas venir parler au chef de chantier ? Ne pourrais-tu pas lui demander que cet argent me soit rendu, ou qu'on le leur retire de leur salaire ?

— Qu'est-ce que tu dis ? » O-Taki sauta de l'estrade, entra comme une flèche dans la chambre et claqua la porte en la coulissant. Elle laissa entendre un rire bruyant pendant un moment. A cette époque-là, c'était à cause de son manque de sommeil qu'elle riait si fort. Chaque soir, elle revenait de loin, et arpentait le long couloir, les pieds nus et glacés. A midi, ses yeux étaient tout injectés de sang. Elle travaillait à toute allure et ressemblait à une bête terrible. Même quand elle rentrait en passant par le couloir à pas feutrés, elle était incapable d'ouvrir la porte de la chambre doucement.

« O-Taki ! » appela O-Yuki amoureusement.

Elle resta plantée là, stupéfaite.

« O-Taki ! »

En silence, elle retira la veste qu'elle portait sur son yukata.

« O-Taki ! tout le monde dort bien. Je suis en train de chauffer ta place. Le bouillon de poisson de tout à l'heure s'est refroidi !

— Ça va, merci ! » O-Taki fourra sa main glacée dans la poitrine d'O-Yuki.

« Tu es triste, n'est-ce pas ? »

Ainsi se passa la nuit pendant un moment, et c'est finalement dans la chambre de Kurakichi que la vieille de l'hôtel alla réveiller O-Yuki.

Celle-ci se leva brusquement et, s'asseyant toute droite, joignit les deux mains en signe de politesse.

« Je suis vraiment désolée ! » et tout en se frottant les yeux, elle retourna en courant à la chambre des filles.

« Viens ici ! dit O-Taki en se redressant et en prenant O-Yuki sur ses genoux. Yuki ! je te croyais un peu plus intelligente ! Tu prends grand soin de toi... De plus, tu veux devenir quelqu'un, et tu vas avec cet imbécile de Kurakichi ! Yuki ! s'accrocher à un type comme lui, ce n'est pas possible ! Trouve-toi vite quelqu'un d'autre... n'importe qui... ça ne fait rien. Quand on s'accroche à quelqu'un, c'est la femme qui est perdante. Si tu es perdante avec un type comme ça, tu es fichue ! Quelle horreur ! Il n'y a pas de quoi pleurer... calme-toi... calme-toi ! Quand tu seras calmée, il faut que tu te trouves quelqu'un rapidement... Yuki... tu t'es mise dans une terrible situation... »

Mais, le lendemain, Kurakichi fut renvoyé. O-Yuki le suivit et quitta la maison.

Quinze jours après, une lettre d'elle arriva d'on ne sait où, adressée à O-Taki,

« Ah ! comme je regrette notre village de sources thermales. Hier à l'est... aujourd'hui à l'ouest... quelle tristesse sous les cieux du voyage ! »

C'étaient les phrases bien tournées qu'elle avait apprises dans les romans-feuilletons.

Puis, comme une nouvelle apportée par le vent dans les montagnes, le bruit courut qu'elle avait été traînée de-ci, de-là par des hommes et finalement vendue. En fait, c'était ce qu'on avait appris par ouï-dire.

L'arrivée de l'hiver

Les stalactites de la noria scintillaient au clair de lune. Les planches gelées du pont crissaient comme du métal sous les sabots des chevaux. C'était un de ces hivers glacés où les contours des montagnes noires se détachaient comme des couteaux tranchants.

O-Saki était seule dans la carriole, les joues emmitouflées dans un foulard blanc. Assise dans un coin, la tête baissée, elle cachait son visage avec les manches de ses bras repliés.

Depuis la gare jusqu'au village de la station thermale, il y avait quinze kilomètres. Avec le train de sept heures, le service des taxis, de la carriole et du car s'arrêtait. Quand passait la dernière voiture, on voyait les villageois, le visage tout congestionné, monter, une lanterne à la main, du fond de la vallée. Pendant les nuits de pleine lune, les arbres projetaient leur ombre noire et, le long de la route, toutes les portes étaient closes.

O-Saki se leva du coin où elle était assise, sauta hors de la carriole, et se précipita, tête baissée, dans un buisson de camélias. Courant dans l'ombre du feuillage, elle se dirigea vers un bois de bambous, et porta à sa bouche, comme un clairon, une flasque de saké qu'elle laissa glisser dans sa gorge.

« Ouf ! »

Elle poussa un profond soupir de contentement, rentra ses pieds sous le bas de son kimono, remit son foulard en ordre, et se couvrant le visage de ses deux manches, se laissa rouler par terre.

Elle savait que les bois de bambous, en hiver, étaient encore tièdes des feuilles desséchées qui s'y étaient entassées. Elle avait mis, l'un sur l'autre, deux sous-vêtements en rayonne, mais n'avait pas pris de manteau.

Vingt minutes étaient à peine écoulées qu'elle entendit des pas d'homme.

« Hé ! c'est incroyable... tu dors ? »

Elle attira les deux bras de celui qui se penchait vers elle, et les fit glisser de ses épaules jusque sous sa poitrine. L'homme perdit l'équilibre. Elle lui attrapa les mains, et roula par terre avec lui.

« Comme je suis heureuse ! Tu ne peux savoir comme j'avais envie de te revoir. Viens... réchauffons-nous !

— Personne ne t'a vue ?

— Imagine un peu... cinq stations de train et deux heures de carriole ! Tu te rends compte ? » puis retirant ses tabis, elle étendit ses pieds dans les rayons de lune qui l'inondaient.

« Ils sont tout rouges ! » et glissant ses deux pieds sur les genoux de l'homme, elle en frotta les doigts congestionnés.

« On dirait des poivrons rouges conservés dans la glace ! »

L'homme prit les doigts qui collèrent dans la paume de sa main comme des limaces froides. C'était bien ceux d'O-Saki dont la peau blanche ressemblait à celle d'une variété d'escargot. Lorsqu'elle les lui avait présentés, elle s'était renversée en arrière comme une grosse masse de graisse épaisse.

« Si nous allions nous réchauffer aux bains du village ?

— Ça ne me dit rien ! Moi, je suis venue à la hâte ici pour voir des étoiles filantes... alors, éblouis-moi ! »

L'homme se redressa. Elle lui attrapa le torse des deux mains, et se renversa en arrière.

« Ce n'est pas possible ? Mais moi, je ne suis pas venue ici pour rien ! Je me suis payé le billet de train et la carriole !

— Ah ! je vais te le donner cet argent... sûrement !

— Non... tu dois me le donner d'abord... sinon je ne serai pas ta femme ! »

L'homme se sentit soudain pitoyable au bruit du torrent dans la vallée.

En fait, O-Saki n'était pas venue de la ville pour rencontrer son amant, mais bien pour gagner de l'argent. C'est elle qui avait l'attitude la plus licencieuse de toutes les serveuses du village. Les notables en étaient conscients depuis fort longtemps. Aussi, les policiers de l'endroit, par respect et fidélité envers cette opinion, obligeaient, de temps à autre, O-Saki à quitter le village. Environ un mois et demi auparavant, ces notables, au cours d'un banquet, avaient déploré la mauvaise conduite de leurs fils, et il avait été décidé qu'elle serait envoyée à la ville. O-Saki était une prostituée-née qui en avait un peu trop le tempérament.

Elle se rendait toujours à une convocation transmise par carte postale, allant au lieu de rendez-vous fixé par ses amants. Elle prenait le train et la carriole, évitait le regard des gens, et se cachait, le soir, dans les bois de bambous. Elle appliquait alors le tarif des « grandes sorties ». Toutefois, plus encore que par un désir d'argent, elle était dominée par la fièvre d'une étrange passion qui la poussait à se vendre physiquement, le soir, après avoir parcouru une quinzaine de kilomètres, comme une héroïne de légende, traversant l'océan à la nage pour aller retrouver son amant.

Bien entendu, même à la ville, elle restait dans l'établissement de son compagnon qui était soldat. Elle changeait tout le temps d'adresse et passait sa vie, inconsciente avec sa peau blanche et son visage replet, dans un demi-sommeil imbécile, disant avec assurance que du moment qu'elle avait un homme, elle se sentait bien où qu'elle fût. S'aspergeant les cheveux d'huile, elle ne pensait même pas à se les natter proprement.

Même alors, quand les feuilles de bambou adhéraient à son cou, elle ne faisait aucun effort pour les retirer.

C'est l'homme qui les détacha une à une du kimono d'O-Saki. Ils descendirent, ensuite, au fond de la vallée, suivirent la rive pierreuse qui longeait le torrent et allèrent se cacher dans les bains de sources chaudes.

O-Taki était seule, assise au bord de la piscine. Quand elle aperçut O-Saki, elle se rinça les yeux avec une serviette humide, et s'adressa à l'homme :

« Dites donc... savez-vous qu'hier O-Kiyo, notre voisine, est morte ?

— Je l'ai entendu dire... Nous pensions que vous étiez déjà couchée... nous sommes venus impunément profiter du bain, dit l'homme, l'air mauvais, en déliant sa ceinture.

— Cette nuit, c'est la veillée funèbre d'O-Kiyo. Ce n'est pas que je veuille vous embêter, mais personne ne viendra ici, ce soir.

— Excuse-nous... c'est un service qu'on te demande... Est-il vraiment interdit de se montrer ?... Nous sommes désolés pour O-Kiyo !

— Désolé, toi ?... mais n'es-tu pas un de ceux qui ont contribué à raccourcir sa vie ?

— Il eût mieux valu que ces terrassiers ne fussent pas venus. Tout le monde avait pitié d'elle qui aimait tant s'occuper des enfants du village !

— Mais, regardez comme elle est triste, votre veillée ! Le fantôme d'O-Kiyo n'est certainement pas apparu dans le bois de bambous. Pour le bain... je suis désolée... notre eau n'est pas faite pour des gens sales comme vous... »

O-Saki rougit jusqu'aux oreilles, mais, la tête baissée, sans rien dire, elle descendit l'escalier en pierre qui menait aux bains.

O-Kiyo étant une prostituée, et O-Saki un modèle de

prostituée, on pouvait dire, d'une certaine façon, qu'O-Saki avait assassiné O-Kiyo.

Celle-ci s'était retrouvée au fond de ces montagnes, à l'âge de seize ou dix-sept ans, et, très vite, était tombée malade. C'est pourquoi elle en était venue à penser que ce village serait sa tombe. Les hommes traitaient cette petite jeune fille aux idées de mort comme s'ils serraient dans leurs bras une ombre diaphane. De temps à autre, elle tombait de faiblesse, et le peu de temps libre qu'elle avait, elle le consacrait à se promener avec les enfants du village.

Elle avait été très impressionnée, après l'arrivée des terrassiers, par le bruit des premiers explosifs qui faisaient voler les roches en éclats.

« Ils m'auront sans doute tuée avant la fin des travaux ! »

A peine cinq jours plus tard, elle ne put plus se lever de son lit. Une fillette de quatre ans et un enfant en bas âge élevés au bordel ne quittaient pas son chevet. Ainsi, elle resta là sans être chassée, et le patron en informa toutes les prostituées.

Elles se groupaient autour de sa couche et disaient :

« Est-ce possible ?... O-Saki... ! »

Son matelas avait été installé dans une petite cabane de deux tatamis, à côté de la remise où on engrangeait les piments, mais il arrivait qu'on dût utiliser cet endroit pour des clients.

O-Kiyo se voyant forcée de quitter son lit de malade avait résolu de se suicider. Mais il s'agissait plutôt d'une « résignation » au suicide, mot qui était loin d'avoir la puissance et la résonance d'une « résolution ». Travailler pour des terrassiers n'était rien d'autre, en fin de compte, qu'une sorte de résignation au suicide. Le lien entre les terrassiers et la mort d'O-Kiyo n'était pas clairement établi dans la tête des enfants, ses amis.

O-Saki sortit du bain en ayant l'air d'avoir complètement oublié à la fois la mort d'O-Kiyo et l'humiliation qu'O-Taki avait voulu lui faire subir.

Elle s'adressa à l'homme comme si de rien n'était :
« Alors, adieu !... Fais-moi signe la prochaine fois...
— Mais tu rigoles ? adieu ?... où veux-tu aller en pleine nuit, comme ça ?
— Je rentre. A pied, j'arriverai à la gare avant l'aube.
— Quinze kilomètres ?... en pleine montagne ?
— Ça ira !... la nuit, les hommes sont les bienvenus !... Ils ne me font pas peur... je ne te demande pas de me raccompagner. Adieu ! »
Les mains dans les poches, elle se mit en marche, l'air distrait.
« Hé !... tu es certaine que ça ira. Ne sois pas trop sûre de toi... ni maintenant, ni quand l'aube sera levée !
— Que faire si on m'attrape ? »
Sans même se retourner, elle se mit à gravir le chemin gelé, au clair de lune.
L'homme se tenait immobile, tout désorienté.
Mais, quand O-Saki fut hors de portée de sa vue, elle revint à petits pas rapides, et se cacha dans l'ombre de l'établissement de bains du village, au bord du torrent. Elle attendit, toute recroquevillée pour voir si, peut-être, elle aurait l'occasion de retourner aux bains avec ses clients habituels.
La gelée blanche s'était déposée sur les épis d'orge. Le ciel s'éclaircissait derrière les contours des sommets montagneux vers où volaient les oiseaux migrateurs qui n'avaient pas fait halte, pour quelque raison, dans le bois de bambous.
Un autre homme était là avec O-Saki. Il éteignit un feu en le piétinant, et s'accroupit tout à coup.
« Quelqu'un vient ! »
O-Saki, appuyée sur son coude, se releva.
« Ah ! je sais... c'est l'enterrement d'O-Kiyo !
— Fais doucement ! »
La procession monta lentement à travers champs et s'approcha du bois de bambous. O-Saki, lourdement affa-

lée sur le ventre, tenait ses joues potelées dans ses deux mains, et regardait en grimaçant.

En fait de procession, c'était deux hommes qui portaient sur leurs épaules un cercueil drapé d'un tissu de coton écru, sans doute le patron du bordel et le gardien. Deux pelles étaient posées sur le dessus, qu'on aurait pu prendre pour un motif de décoration. Dans ce village, les tombes étaient en terre.

Mais où étaient donc passés les enfants ? Ces enfants du village qu'elle chérissait tant et qui auraient dû monter à flanc de coteau jusqu'au cimetière, en formant une longue file derrière le cercueil ? N'avaient-ils pas été sa joie quand O-Kiyo vivait ? Ne seraient-ils pas son bonheur dans la mort ?

Ces enfants dormaient encore.

O-Kiyo, portée le long du bois de bambous, montait se faire enterrer dans cette montagne qui était sa tombe.

« N'est-ce pas vraiment cruel ?

— Oui !...

— C'est comme si on s'en débarrassait en cachette avant le lever du jour !

— Moi aussi, je vais rentrer avant le lever du jour. Si je pars maintenant, je peux attraper la première voiture.

— Hé !... arrangeons un peu les feuilles de bambou !

— Allez !... Adieu !... Envoie-moi une carte postale pour me dire quand tu pourras me voir la prochaine fois ! » Elle ramassa la flasque de saké, et la jeta de toutes ses forces. Le flacon heurta le tronc d'un bambou et se brisa en mille morceaux, sous ses yeux.

Le pourvoyeur de cadavres

I

« Box et Cox, bien qu'habitant sous le même toit, ne se connaissaient pas de vue. Box et Cox, ces deux bouffons, personnages de farce de John Morton, vivaient dans la même pièce, et pourtant ne se voyaient jamais. On assistait ainsi à toutes sortes de situations comiques. »

Alors que je rendais visite à Asagi Shimpachi à propos d'une étrange affaire et que, pour passer le temps en l'attendant, je feuilletais un dictionnaire anglais-japonais, mon regard fut attiré par un passage souligné au crayon rouge.

« Arrangement à la Box et Cox — arrangement selon lequel une personne utilise un logement le jour, et l'autre la nuit. » Non seulement le trait rouge avait été tracé en force, ce qui le faisait ressortir au verso de la page, mais, de plus, celle-ci s'était ouverte naturellement lorsque j'avais pris le dictionnaire dans mes mains. Probablement, Asagi Shimpachi attachait un sens particulier à ces mots. Aussi, dès que je le vis, j'essayai de lui en demander la raison, mais son expression fut si glaciale que je pensai que j'aurais mieux fait de ne pas lui poser une telle question.

« As-tu lu le roman ou la pièce de théâtre de ce John ?...

— Ah ça ?...

— Ça a l'air intéressant... tu ne penses pas ?

— Je ne sais pas. Je ne l'ai pas lu...

— Pourtant ces noms ont dû être vraiment célèbres pour être utilisés ainsi comme des noms communs.

— Box et Cox... voilà deux mots qui sonnent bien !

— C'est vrai.

— En réalité, pour les amis de Box et de Cox, il s'agit certes d'une comédie, mais, en ce qui me concerne, c'est plutôt d'une tragédie qu'il faudrait parler, je crois. Car j'ai eu l'occasion de faire un arrangement à la Box et Cox... avec une jeune fille... »

Voici donc le récit d'Asagi Shimpachi.

II

Un jour, à Asakusa, Asagi Shimpachi prit le bus de Kuramaé jusqu'à Shimbashi. Ce n'était pas qu'il refusât particulièrement de prendre le bus, mais, n'étant qu'un pauvre étudiant, ce qui lui venait aussitôt à l'esprit quand il fallait choisir entre le bus ou le tram, c'était les quatorze sous de différence.

« Les billets, s'il vous plaît ! »

Une main de femme gantée surgit juste devant lui.

« Quel culot ! Voilà aussitôt ce que je pensai d'un tel personnage, me dit Shimpachi tout en poursuivant son récit.

« C'était des gants de coton blanc comme en ont les soldats ou les épicières qui attendent tes ordres. Va voir un peu dans les bus verts en service actuellement. Ce sont les mêmes gants. »

Comme il lançait un regard scrutateur à la receveuse à qui il remettait l'argent, le visage juvénile de la jeune fille se métamorphosa, pour ainsi dire, et devint tout sourires.

Elle avait sur la tête une grande casquette noire et le

vulgaire crayon qui pointait derrière son oreille laissait une impression indéfinissable. Il n'avait encore jamais vu de coiffure aussi attrayante ni d'aussi belle épingle à cheveux.

Afin de faire entrer tous ses cheveux dans la casquette noire, elle les avait rassemblés et relevés en arrière. Ceux qui se trouvaient plus rares, à la naissance de la nuque, se mêlaient en un duvet désordonné. Là, deux crayons jaunes octogonaux pointaient leur mine aiguisée vers le bas. Autour de son cou était passée une fine cordelette un peu tachée sur laquelle s'ouvrait ce que ces filles appellent « un col blanc ». Une ceinture de cuir rigide, jaune ocre, comme en ont les militaires, entourait ses hanches. Sur le devant, un sac en cuir noir était fixé au moyen d'un crochet métallique. Il n'avait encore jamais vu d'ornement féminin le pénétrer d'un tel éclat.

Si les crayons et le métal — ces deux atours quelque peu puérils — avaient ému Asagi Shimpachi, c'était, naturellement, parce que le visage de la jeune femme était beau comme celui d'une enfant toute simple qui parcourt la campagne. Ses paupières tirées sur des yeux longs et fendus lui donnaient un air de bravade un peu mélancolique auquel convenait fort bien la courbure de son nez, et faisait ressortir l'ovale de ses joues soulignant sa douceur juvénile. Avec ses joues pâles et robustes, comme en ont les campagnardes en route pour la ville, on pouvait se demander si, à y bien regarder, dans le duvet de ses lèvres dépourvues de rouge n'était pas restée accrochée quelque poussière du chemin.

Elle se tenait toujours debout, les genoux légèrement écartés. Même lorsqu'il y avait une place libre, elle ne s'y asseyait pas. Elle ne joignait les jambes que lorsque le bus oscillait et qu'elle chancelait de deux ou trois pas.

« Ces jambes détenaient un secret étonnamment féminin ! » me dit Shimpachi tout en continuant son histoire.

Ardent comme pouvait l'être un étudiant, il se mit à la

regarder sans réserve, se demandant si elle était vierge. Car, chez un ami, un soir de pluie, il avait entendu de la bouche d'une receveuse membre d'un mouvement socialiste, une histoire, sans doute fausse, d'après laquelle un conducteur et une receveuse avaient, après en avoir éteint toutes les lumières, garé le bus dans une rue sombre en ayant mis le panneau de détresse, ou bien étaient restés dedans après l'avoir mis au garage une fois leur travail terminé.

Toutefois, durant tout le temps où elle s'était trouvée dans le bus avec Shimpachi, elle n'avait jamais regardé le visage des hommes dont elle poinçonnait les tickets, et, du reste, ne regardait personne. Elle se contentait de soupirer en jetant par-dessous ses paupières qui faisaient penser à des bonbons translucides un regard fixe, droit devant elle. Shimpachi était assis juste en face de l'entrée. Lorsque le véhicule tournait à droite, elle abaissait la vitre de la fenêtre derrière lui, se penchait en appuyant sa poitrine contre la visière de la casquette de Shimpachi, et, avec son bras droit qu'elle sortait par la fenêtre, faisait de grands signes. Aucune odeur ne se dégageait d'elle. Son costume bleu marine, dénué de tout ornement, lui moulait strictement le corps, mais ce qui le tracassait beaucoup était qu'il n'arrivait pas à se figurer exactement les dimensions de sa taille.

Elle arpentait le bus sans relâche, en se retenant à la barre métallique derrière la plate-forme du conducteur.

« Prochain arrêt... s'il vous plaît !... », criait-elle soudain.

« A-ll-o-n-s-y !... »

A chacun de ses signaux, le conducteur hochait légèrement la tête. On eût dit qu'un courant d'amour indéfinissable se transmettait directement de l'un à l'autre et, telle l'expression d'un sentiment, une sorte d'intimité secrète se dégageait de la courbure de son dos. Shimpachi eut soudain envie, en guise de plaisanterie, d'attraper le crayon qu'elle avait dans les cheveux et, chaque fois qu'elle passait devant lui, il pouvait à peine se retenir de prendre dans ses mains les gants de coton.

Au moment de descendre à la station de Shimbashi, il jeta un coup d'œil à la plaque, derrière la porte, où étaient inscrits les noms.

« Receveuse : Sakaï Yukiko. »

« Ah ! Yuki !... », se mit-il à murmurer sans réfléchir, puis, tout désorienté, il attendit qu'elle descende sur la grand-place devant la gare. Comme ils étaient arrivés au terminus, il pensait qu'il y aurait changement de personnel, et donc, un temps de repos. Mais Yukiko se dirigea vers le chauffeur, attrapa la barre derrière lui, et le véhicule repartit en direction de son point de départ. Les rayons éblouissants du soleil couchant pénétraient par la fenêtre inclinée dans le tournant.

« S'il avait fallu donner des noms, je crois bien qu'en définitive, si j'avais été Box, Yukiko eût été Cox », me dit Shimpachi en continuant son histoire.

III

Celle qui avait familiarisé l'oreille de Shimpachi avec l'appellation « Petite Yuki ! » était la patronne de la chapellerie qui rapetassait les chapeaux dans le quartier de Nishi-torigoé, à Asakusa. Mais lui n'ajoutait jamais « petite » au nom de la jeune fille et se contentait de montrer du doigt le premier étage en demandant :

« Est-elle là ?

— Bien sûr qu'elle est là ! »

Alors Shimpachi rebroussait chemin jusqu'au cabinet dentaire qui se trouvait sur le parcours du bus à la station de Kuramaé.

Les patrons de la chapellerie en étaient clients. Shimpachi vivait en parasite chez ce dentiste, ne payant aucun frais de pension. Au premier étage, un salon d'attente jouxtait la salle de consultations. En bas, s'ajoutaient au vacarme irritant d'un atelier de mécanique avec ses flammes de bec à souder, son compresseur à métaux et ses marteaux, les cris de quatre enfants en bas âge, le tout sur le parcours du bus. Le dentiste avait demandé au patron de la chapellerie s'il n'aurait pas eu, peut-être, au premier étage une pièce pour étudier dans la journée. Celui-ci avait aussitôt pensé à la chambre de la receveuse qui ne l'utilisait pratiquement que pour dormir, et avait dit au dentiste que si on proposait à la jeune fille de lui payer la moitié du loyer, elle serait certes très contente. Puis, deux ou trois jours après :

« Je crois que Yuki serait tout à fait ravie...

— Mais encore ?...

— Toutefois, monsieur l'étudiant, elle dit que la moitié du prix ne convient pas. Elle propose que vous ne lui en payiez que le tiers. »

Shimpachi se rendit à la chapellerie guidé par le patron. Sur le vaste parquet en bois, étaient alignées deux rangées de têtes chauves et polies comme du métal.

Shimpachi, s'adressant à moi, me dit tout en continuant son histoire :

« Sur ces têtes chauves, on met des chapeaux mouillés passés à la vapeur, et la vapeur monte en l'air en volutes. »

Dans la chambre qu'il partageait avec elle au premier étage, il y avait contre la fenêtre qui donnait sur le boulevard un bureau grossier et ordinaire qui sentait la pommade bon marché. A part ça, un mur gris et la cloison d'un placard.

Dès le lendemain, Shimpachi prit l'habitude de passer au premier étage. Le jour suivant, il y avait sur le bureau un plateau à thé. Deux tasses... l'une, vieille, où était incrustée en rouge une langouste, était retournée à l'envers, et l'autre, neuve, avec en bleu le motif d'une feuille de bambou, était posée, à l'endroit, face en l'air. Lorsqu'il souleva le couvercle de la théière, il sentit l'odeur du thé grillé frais.

« J'ai pensé que l'une des tasses était pour moi et qu'elle me l'avait achetée exprès. C'était la première fois que je me trouvais être ainsi l'objet de l'attention d'une jeune fille ! » me dit Shimpachi tout en poursuivant son récit.

Le petit brasero en porcelaine était rempli de charbon et une bouilloire était posée dessus. Il sortit le coussin plat recouvert de mousseline de dessous le bureau et but du thé grillé dans la tasse de la fille. Il essaya d'ouvrir les tiroirs. Ils étaient tous deux fermés à clé.

Ce fut la même chose pendant quatre mois. Pas un seul jour elle n'oublia de fermer les tiroirs du bureau et de remplir le brasero de charbon. Pas même un brin de fil rouge ne traînait sur le tatami. Le souffle d'une vie féminine ne se trouvait, sans doute, seulement enfermé que dans le placard. Bien entendu, il n'était pas homme à ouvrir la porte de la cloison pour voir ce qu'il y avait derrière. Toutefois, il buvait toujours son thé dans la tasse de la jeune fille.

Chaque fois qu'ils se levaient, le patron et la patronne de l'atelier de réparations de chapeaux secouaient les poussières du tablier qui recouvrait leurs jambes. Si la patronne répondait :

« Elle est là ! » Shimpachi rebroussait chemin jusqu'au cabinet dentaire. La plupart du temps, il restait jusqu'au dîner, mais si, parfois, il s'attardait jusqu'à la nuit, il demandait au chapelier à quelle heure la jeune fille cessait son travail afin de se retirer avant ce moment-là.

« C'est pourquoi, tels Box et Cox, nous ne nous rencontrions jamais, mais, pas une seule fois, cela ne tourna à la farce. Cependant..., me dit Shimpachi en poursuivant son récit.

— Tu n'as pas cherché à savoir si elle était jolie ?

— Ça m'était impossible ! »

Ce fut dans de telles circonstances qu'Asagi Shimpachi et Sakaï Yukiko se trouvèrent réunis de Kuramaé à Shimbashi. Comme elle faisait semblant de ne pas remarquer qu'il la regardait fixement, Yukiko ne savait pas non plus que c'était là l'étudiant qui partageait la même chambre qu'elle.

Shimpachi avait rendez-vous avec un ami devant la gare de Shimbashi. Ils devaient aller tous deux chez un professeur qui habitait à Kamakura, afin de trier des documents dont celui-ci avait besoin pour terminer un travail de recherche qui devait être publié dans une revue spécialisée.

Quand ils revinrent quatre jours plus tard, Yukiko souffrait d'une pneumonie aiguë. En proie à la fièvre, elle articulait quelques mots dans son délire. Le chapelier dit entre deux têtes qui dégageaient de la vapeur :

« Il semble qu'il n'y ait plus rien à faire ! Si elle meurt, que va-t-il se passer ?

— A-t-on appelé un docteur ?

— On ne sait pas d'où elle vient.

— Elle a bien reçu des lettres de ses parents ou de ses frères et sœurs ! Si on allait voir ?

— Elle n'a jamais reçu aucune lettre.

— Jamais ? »

Shimpachi répétait ces mots, debout devant la boutique. L'autre jour, lorsqu'il était monté dans le bus vert en direction de Shimbashi, Yukiko avait un bandage enroulé autour du cou. Était-ce là le début de la pneumonie ? Voilà pourquoi elle était aussi pâle qu'un bonbon translucide.

« Regardez au moins une fois le visage de la petite Yuki tant qu'elle est encore en vie !

— Oui, bien sûr... » Shimpachi s'éloigna et revint sur ses pas, le visage un peu empourpré comme lorsqu'on lui répondait : « Bien sûr, elle est là ! » alors qu'elle était encore en bonne santé. Il appela par téléphone un assistant du Laboratoire de la Faculté de Médecine. Irié, l'assistant, arriva. Shimpachi le conduisit du cabinet dentaire jusqu'à la boutique du chapelier et lui dit tout de go :

« C'est au premier étage, et il se planta entre les rangées des têtes chauves.

— Ça va... » Irié monta, l'air soupçonneux, au premier étage.

« Pourquoi de son vivant, n'avais-je jamais vu son visage ? Même maintenant, je trouve cela étrange, me dit Shimpachi tout en continuant son récit.

« Peut-être était-ce parce que je ne désirais pas voir une très jeune fille en proie à la fièvre. Finalement, tant que Yukiko vivait, je n'avais pas changé les habitudes de Box et de Cox. »

Après avoir examiné Yukiko, Irié rejoignit le devant de la boutique.

« On ne peut plus rien pour elle. Je doute que même un traitement tardif puisse la guérir.

— Mais si elle meurt, il faudra faire un enterrement !

— Oui.

— Combien peut coûter un enterrement ?

— Oh ! ça... on ne peut pas dire exactement. Le prix du fourgon mortuaire pour amener le corps au crématorium... assurément, de nos jours, on ne peut plus le porter sur les épaules... les frais de l'incinération, voilà déjà le strict minimum, plus l'argent nécessaire pour le feu, cela fait peut-être cinq yens. Combien peut prendre une ambulance pour aller d'ici jusqu'au crématorium de Mikawajima ? Aussi, il faut compter le prix du cercueil.

— Et le bonze ?

— Oh, lui ! Ce n'est pas la peine ! »

Irié, surpris par le vent d'hiver qui balayait la rue, retirait ses lunettes de temps en temps pour en enlever la poussière.

« Personne ne sait d'où elle vient !

— Donc, il faudra payer l'enterrement.

— Et cet argent, cela va être à moi ou au chapelier de le sortir.

— Ne peut-on pas en charger la mairie du quartier ? Mais, j'y pense, si on faisait don de ce cadavre à mon école ?

— Un don de cadavre ?
— Oui, pour l'autopsie. Les corps de jeunes filles en âge de se marier sont rares. Si on leur en fait cadeau, ils seront certes reconnaissants. De l'école, ils viendront chercher le cadavre. Je pense qu'ils verseront même une obole à titre de condoléances.
— Elle n'est nullement parente avec moi.
— Oui, mais elle peut être la nièce du chapelier, ou bien ta cousine, ou même encore, si cette jeune fille te plaît, tu peux l'épouser civilement.
— Une fiancée moribonde ?
— Si tu lui déplais, comme elle sera morte, tu ne pourras pas dire que tu as le mariage en horreur.
— Oui, mais elle n'est pas encore morte.
— Alors, épouse-la maintenant, pendant qu'elle est encore vivante. Ce soir, ce sera trop tard. Ça, c'est sûr. Peut-être que, de quelque part, tu recevras un héritage auquel tu ne t'attendais pas.
— Ça pourrait aider !
— Et si on apprenait que je l'ai obligée à devenir ma femme alors qu'elle était en proie à la fièvre ?
— Elle finira bien par nous être livrée. Alors envoie donc le cadavre !
— Pour être disséquée ? dit Shimpachi sur un ton lugubre, comme s'il avait perdu quelque chose.
— Qu'y a-t-il de mal à cela ? Il y a bien des mères qui, parfois, viennent vendre le cadavre de leur propre enfant. »

IV

Après avoir quitté l'assistant Irié, Asagi Shimpachi, pour quelque raison, parcourut à pas pressés la rue où s'engouffrait le vent. Puis, la nuit s'épaississant, le vent tomba. Dans son lit glacé, il sentit claquer ses dents pleines de sable.

Le matin de bonne heure, la patronne de la chapellerie vint au cabinet dentaire pour le voir. Elle l'informa que, la nuit précédente, Yukiko était décédée au moment de l'accalmie du vent. C'était la première fois que Shimpachi et elle se voyaient dans la chambre qu'ils occupaient à deux.

« De nos visages, l'un était celui d'une morte », me dit Shimpachi tout en racontant son histoire.

La patronne souleva un linge blanc.

« Oh ! qu'elle est belle ! » dit Shimpachi comme happé par le visage de la morte. Ceux qui meurent de maladie pulmonaire ont la beauté diaphane de la cire et la sérénité de l'enfant.

« Mais ! on dirait qu'elle veut regarder Shimpachi. Elle a encore les yeux ouverts.

— Les morts ont-ils toujours les yeux fermés ? » dit Shimpachi en jetant un coup d'œil furtif vers Yukiko.

« C'était bien un visage de morte qui souriait de façon si belle que ses yeux ouverts n'étaient en rien insensibles », me dit Shimpachi tout en continuant son histoire.

Son visage à lui se reflétait dans les pupilles de Yukiko, mais, quand il la regardait fixement, une froideur se dégageait du regard immobile de la jeune fille et lui transperçait le corps.

« Tu l'as assez regardée comme ça ! dit la patronne en caressant de ses doigts le front de Yukiko.

— Les morts sont vraiment des êtres indifférents. »

Shimpachi, involontairement, posa son index sur le front de la morte. Au début, il ne se rendit pas compte, mais, au bout d'un moment, il sentit une froideur abyssale le parcourir. Une petite fille d'une huitaine d'années, la plus jeune enfant de la patronne, se tenait derrière eux.

« Que va-t-on faire avec cette jeune femme ?

— On va l'amener au cimetière et la faire incinérer.

— Mais elle voit encore !

— Maintenant, elle ne voit déjà plus rien. »

La fillette se tut, l'air perplexe.

« Regardons un peu ce qu'elle possède pendant qu'Asagi est là », dit le patron en ouvrant le tiroir du bureau. Une boîte de poudre dentifrice en jaillit. Il n'était pas fermé à clé.

« Attends ! » La patronne souffla doucement sur la poudre qui s'éparpilla sur le visage de la morte. Elle le recouvrit d'un linge blanc.

Un savon, une serviette, un baigneur en celluloïd, de l'eau de toilette, des ciseaux, un miroir à main, une épingle à cheveux, il n'y avait que ce genre d'objets rangés avec soin.

« Tout cela n'a aucun intérêt ! » et le vieux qui avait ouvert l'autre tiroir déplia une enveloppe enroulée sur elle-même.

« Hé là ! mais ceci ne provient-il pas du pays de Yukiko ?

— Onohara, Université de Kawamura, Préfecture de Mishima, Ville d'Osaka. »

L'enveloppe était toute chiffonnée. On ne pouvait lire que ces mots-là.

« Il n'y a aucune mention du destinataire.

— Et si on envoyait un télégramme de la part de Sakaï, originaire de ce village », dit Shimpachi, mais le vieux qui fouillait dans le sac de Yukiko, tandis que sa femme s'appuyait sur son épaule, ne l'entendait pas.

« Combien y a-t-il ?

— Un billet de cinq yens et trois pièces de cinquante sous.

— Cela suffira tout juste à acheter les rouleaux d'encens », dit la patronne en fourrant l'argent dans les plis de son obi.

Le placard... (si un parfum de vie féminine devait s'exhaler de quelque part, c'était bien d'un endroit comme celui-là, pensait Shimpachi)... quand il l'ouvrit, il le trouva net comme les murs de la chambre. En tirant les futons de la planche supérieure, il vit, rangés en deux piles bien droites, le *Mazagine des femmes* et *La Saison littéraire*. En bas, une valise, une corbeille à papier, un parapluie et un paquet enveloppé dans un carré de tissu. A terre, pas un bout de fil ne traînait.

« Pouh ! grommela le propriétaire tandis que sa femme ouvrait la valise.

— Ce sont des kimonos parfaitement pliés. Si on ne reçoit aucun télégramme de son village, nous les vendrons et nous nous débrouillerons avec ça pour payer l'enterrement. »

Sur le dessus était posé l'uniforme de receveuse dont la jupe avait été soigneusement pliée. C'était l'uniforme que Shimpachi avait vu dans le bus vert en direction de Shimbashi. Il se mit à fondre en larmes pour la première fois.

« Peut-être bien que j'étais amoureux de cet uniforme ! me dit-il tout en continuant son histoire.

« Sans doute, en proie à une fièvre douloureuse et brûlante, pensant que son cas était désespéré, Yukiko l'avait-elle rangé en hâte dans le placard. Quelle tristesse !... L'aspect du paquet de toile où avait été emballé pendant la nuit l'objet souillé d'un être souillé et sur lequel avait été écrit “A jeter.” “A jeter”, voilà bien quels étaient les derniers mots de Yukiko ! »

Après que la patronne eut refermé la valise, il la rouvrit et contempla l'uniforme bleu marine. Au fond, il aperçut quelque chose comme un paquet en papier qu'il retira. Sur l'enveloppe blanche, était écrit :

« 13 février. Objet trouvé. »

A l'intérieur, il y avait un portefeuille vermillon. Il en sortit trois billets de dix yens et trois photos. Shimpachi poussa alors un cri aigu.

« Que crois-tu que c'était ? me dit Shimpachi en poursuivant son histoire.

« Les photos indécentes d'un couple. Imagine-moi un peu, jeune, en train de pleurer à chaudes larmes et de regarder ces images obscènes ! »

Shimpachi fourra à la hâte dans sa poche le paquet en papier et les photos, et dit :

« Madame la patronne ! par ici, il y a un portefeuille.

— Oh ! Trente yens ! Cette petite cachait trente yens au fond de sa valise ! »

La femme étala les billets de dix yens et les regarda pendant un moment.

V

La famille du chapelier, deux ou trois femmes des environs et Shimpachi entamèrent une bien triste veillée. Ce dernier se conduisait de telle sorte qu'on pouvait se demander s'il n'était pas l'ami le plus cher de Yukiko.

« Après avoir vu ces photos obscènes, je me suis demandé si en fait, aussi étrange que cela puisse paraître, Yukiko n'avait pas un concubin, me dit Shimpachi tout en poursuivant son récit.

« Cependant, je n'étais pas prêt à être déçu par elle rien qu'au vu de ces photos ! »

Le treize février ! c'était deux ou trois jours avant que Shimpachi soit allé à Kamakura. Donc Yukiko avait déjà certainement vu les photos lorsqu'ils s'étaient trouvés ensemble dans le bus vert allant de Kuramaé à Shimbashi. N'était-ce pas la raison pour laquelle les paupières de la jeune femme étaient translucides comme du sucre candi ?

Le portefeuille, particulièrement, avait été emballé et les mots « Objet trouvé » avaient été écrits sur le dessus. Elle avait dû l'ouvrir par hasard pour voir ce qu'il y avait dedans. Comment pouvait-elle confier à un homme un étui contenant de semblables photos ? De plus, ce n'était pas vraiment un « objet trouvé » dans un bus vert. Finalement, allongée sur son lit de malade, dans l'espoir de le confier à quelqu'un, elle avait fini par écrire dessus : « Objet trouvé ». Voilà ce que Shimpachi pensait. Mais, comme il se doutait que Yukiko avait déjà vu ces photos, il ne sentait aucune gêne à regarder le corps de la jeune femme sur son lit de mort.

Le lendemain de la veillée, pas un seul télégramme ne leur était encore parvenu du pays natal. On vint de l'hôpital universitaire, où travaillait Irié, prendre le corps. Shimpachi souleva Yukiko dans ses bras. Même étrangement lourde et inerte, son odeur mélangée de sueur et de fièvre diffusait encore, parmi les relents du désinfectant, le parfum d'intimité féminine d'une maîtresse. Alors qu'il la tirait en bas de l'escalier, les hanches de Yukiko se brisèrent. Shimpachi, dont l'étreinte soudain se relâcha, se mit à serrer sur sa poitrine le cadavre qui semblait lui échapper et tomba assis. Yukiko était vraiment morte. Shimpachi lui déposa un baiser léger sur le front.

« C'était l'enterrement d'une jeune femme solitaire, en chemise de nuit de flanelle, se dirigeant vers la salle de dissection en fourgon mortuaire... C'est pourquoi le lendemain matin, je ne pus m'empêcher de téléphoner à l'assistant du laboratoire de recherches », me dit Shimpachi en continuant son histoire.

« A propos, ce cadavre ?...

— Celui de ta jeune fiancée ?

— Son visage est-il toujours aussi beau ?

— Son visage ? Je ne l'ai même pas regardé.

— Est-elle vierge ?

— Oui.

— Serait-il possible de prendre une photo du cadavre ?

— Oui, s'il y avait un appareil photo, ce serait facile, mais... Ah ! il doit y en avoir une bien réussie dans la salle d'examen.

— Alors j'aimerais l'avoir !

— Elle est toute nue allongée sur la table de dissection. Cela ira-t-il ? »

VI

Ses cheveux d'un noir profond formaient une auréole rafraîchissante comme un liquide, et imprégnaient le corps de Yukiko d'une fascinante moiteur.

Le plan métallique destiné à la dissection semblait avoir été tapissé d'un blanc étincelant. Allongée comme elle l'était sur cette blancheur, le visage tourné vers le haut, on aurait dit que sa peau nue allait se mettre à bouger. Mais, de la ligne de son ventre et de ses seins durcis par le gel, se dégageait une douloureuse, oppressante et pitoyable mélancolie qui n'évoquait en rien la simplicité de l'être, trait caractéristique de la jeune vierge.

Elle n'était pas grosse, et, cependant de frêle structure. Le haut de son uniforme de receveuse donnait l'impression de rondeur plutôt que de largeur. Mais, à ce moment-là, les os de ses hanches pointaient misérablement, et c'était là, plus que tout, l'aspect de la mort.

« Toutefois, me dit Shimpachi en poursuivant son récit, je crois que la photo en question reproduisait la luminosité de la science plutôt que le froid de la mort.

« C'est parce que le corps inerte et totalement nu se trouvait posé dans un endroit clair et lumineux comme une boîte de verre qui aurait pu contenir des fleurs de serre.

— Il n'y avait personne à côté d'elle ?

— Bien sûr que non ! Qui pouvait prendre des photos et rester à côté du cadavre d'une fille non mariée et sans relations ? »

C'était une vaste pièce aux murs blancs. Une planche longue et étroite fixée le long d'une fenêtre à trois pans servait d'autel pour les sacrifices des étudiants. Ils retiraient, en les découpant, les crânes des macchabées, leur cœur, leurs globes oculaires, leurs ovaires, puis ils les disséquaient sur une table en plein milieu de la pièce.

Shimpachi s'adressa à moi tout en continuant son histoire :

« Ainsi, je t'ai bien dit qu'à côté d'elle il n'y avait personne ! »

Le long de celle où on avait étendu Yukiko, se trouvait une deuxième table de dissection tendue d'un tissu blanc sous lequel un corps avait été posé, peut-être celui d'un condamné à mort, ou un cadavre mutilé.

« On peut aussi imaginer que c'était celui d'un jeune et charmant enfant que sa pauvre mère avait vendu.

— Mais non ! Ce n'était pas aussi petit que ça ! rétorqua Shimpachi en me jetant un regard noir comme s'il voulait me couper la parole.

« Je dois te sembler bien romantique avec ma façon d'appeler "fiancée" le cadavre d'une jeune fille à qui je n'ai jamais adressé la parole. A propos, j'ai oublié de te le dire mais, au sujet de Yukiko, j'ai déclaré, comme me l'avait conseillé Irié, que c'était le corps de ma concubine. La police n'en a absolument pas douté. Était-ce donc bien romantique cette nudité étendue sur une table de dissection et que moi seul n'avais pas l'occasion de regarder ? En fait, je n'avais nullement cette intention, mais, lorsque je pensais qu'elle allait être livrée aux scalpels des étudiants, Yukiko devenait, dans mon for intérieur, une entité réelle étrangement vivante et, si j'ose dire, cette jeune fille réservée qui vivait sans doute sans amant, une fois devenue cadavre, révélait à un jeune homme, pour la première fois, sur une table de dissection, sa coquetterie féminine.

— Tu n'avais donc rien remarqué ?

— Je ne voyais rien qui puisse témoigner de quelque trouble particulier de son âme. Cependant, lors de sa misérable cérémonie, après laquelle personne ne s'était proposé pour aller recueillir ses ossements, on pouvait se demander jusqu'à quel point c'était là ce que désirait une femme.

— N'est-ce pas là une sorte de romantisme ?

— Non, plutôt un dépeçage jusqu'aux os. Au lieu d'avoir fini en vierge, Yukiko morte était utilisée autant qu'elle pouvait l'être comme le corps d'une femme. C'était bien là, avec de telles pensées, la formidable émotion qui me serrait le cœur. »

J'écoutais le discours de Shimpachi en le regardant bien

en face et, soudain, juste à ce moment-là, je crus apercevoir son sourire glacial. A nouveau il me dit, comme s'il voulait m'obliger à baisser les yeux :

« Par exemple, prenons les photos trouvées au fond de la valise de Yukiko. J'étais incapable de dire si elles avaient été prises dix ou trente ans auparavant. Cette femme et son amant avaient pu mourir il y a fort longtemps, et elle, devenir un pruneau confit. Et pourtant, alors, cet homme et cette femme remplissaient magnifiquement leur rôle. Et puis, les entrailles de Yukiko mises en flacons se trouvaient maintenant à l'hôpital universitaire.

— Tu les as vues ?

— Quand j'ai eu envie de voir ma fiancée. »

La soi-disant « plénitude » de Shimpachi était due au fait que l'assistant Irié lui avait envoyé la photo du corps par courrier recommandé.

Il cherchait à ouvrir l'enveloppe afin de voir pour la première fois la peau de sa jeune femme vêtue de ses bas, de ses gants, une cordelette de soie autour de son cou. Yukiko, en fait, qu'il avait vue seulement une fois dans le bus vert allant de Kuramaé à Shimbashi alors qu'elle était encore vivante et qu'ils occupaient la même chambre tels Box et Cox, était bien d'une pâleur de cadavre.

« Comme ils allaient la disséquer, ses cheveux n'allaient-ils pas être tondus ? me dit Shimpachi en poursuivant son récit.

« Les cheveux tout trempés et collants ont seuls une allure un peu féminine, comme ceux des noyés que l'on a tressés après en avoir essoré l'eau d'un coup. »

Quand il reçut la photo, sa vision passa du corps de Yukiko à la table de dissection.

Là était couché n'importe quel cadavre, celui d'un abominable condamné à mort, ou d'un cruel assassin, ou celui d'un pauvre assisté atteint d'une maladie étrange, ou d'un quelconque misérable ramassé au bord de la route.

Néanmoins, il avait pris l'habitude fixe de regarder avant

de se coucher la photo de Yukiko ainsi que les trois autres photographies obscènes.

VII

« Ça peut avoir l'air d'une plaisanterie, mais lorsque, pauvre étudiant sans le sou me faisant passer pour le mari illégitime de Yukiko, je ne reçus en héritage qu'un bureau, je m'estimais incroyablement heureux, me dit Shimpachi tout en continuant son récit.

« J'avais oublié avoir distraitement remis au chapelier la somme que l'Université m'avait donnée pour le cadavre, ainsi que les trente yens qui se trouvaient dans le paquet avec la mention "Objet trouvé", et aussi les sept yens (pas tout à fait) du porte-monnaie de Yukiko. »

Quant au cadeau de condoléances de la Compagnie des bus, bien qu'on eût pu dire qu'il était un peu maigre, il représentait une grosse somme pour Shimpachi.

Après la mort de Yukiko, celui-ci ne se rendit plus au premier étage de l'atelier de réparations de chapeaux. Yukiko était de celles qui, même alors qu'elles étaient vivantes, n'auraient pas laissé traîner un bout de fil rouge sur les tatamis, donc, comme le corps avait été enlevé, la chambre était d'autant plus triste, propre et bien rangée. Mais il n'avait pas l'esprit suffisamment scientifique pour faire confiance à la désinfection de la mairie du quartier et, comme peu de temps après, il devait passer l'examen pour obtenir son diplôme, il quitta le cabinet dentaire de Kuramaé à Asakusa et se retira dans une pension bon marché. Shimpachi oublia alors les droits d'héritage de Yukiko. Mais cet héritage n'allait pas se limiter à un simple bureau bon marché qui sentait la pommade.

D'abord, le chapelier le poursuivit au téléphone.

« Allô ! Vous êtes bien monsieur Asagi ? Il y a une personne qui dit être la sœur cadette de Yukiko et qui est arrivée de la campagne.

— Elle est à Tōkyō ?

— Oui, elle est chez moi maintenant en train de pleurer. Elle aimerait voir les ossements de sa sœur aînée.

— Je ne suis pas censé avoir ses ossements.

— Elle dit que vous lui avez fait un bel enterrement et que les os doivent se trouver chez vous, monsieur Shimpachi. Puis-je lui dire d'aller vous voir ?

— C'est impossible. Demain j'ai mon examen et je suis très occupé », dit-il en raccrochant l'appareil, puis il appela aussitôt Irié à l'hôpital universitaire.

« Dis donc ! Y a-t-il des ossements là où tu es ?

— Des ossements ?... de quoi s'agit-il ?

— Trêve de plaisanterie ! Il s'agit des os de la receveuse de l'autobus vert. Sa sœur cadette est venue de la campagne pour les chercher.

— Ah ! Cette jeune fille-là ! Si tu veux des os humains, ceux de n'importe qui feront l'affaire.

— Qu'as-tu fait de ses os à elle ?

— Ah, ça ! C'est une dissection qui date d'il y a un mois. Peut-être ont-ils été jetés. Mais les os de n'importe qui d'autre feront l'affaire. Elle n'y verra que du feu. Aussi proche que puisse être sa sœur cadette, crois-tu vraiment qu'elle pourra dire si ce sont les os de sa sœur ? Qu'en est-il des morts pendant les tremblements de terre ou sur les champs de bataille ?

— Puis-je venir les prendre au laboratoire ?

— Attends un peu ! Tu veux des os qui ont été incinérés ? Si on doit les brûler, que dirais-tu si je te passais des os de poulet ? Peut-être serait-ce plus agréable que les os de n'importe qui ? Je vais dire au commis de cuisine d'incinérer les déchets de la soupe. »

Shimpachi pensait à la silhouette de Yukiko, et celle de sa jeune sœur à l'allure campagnarde venait s'y ajouter.

« Eh bien, ce soir en rentrant je vais acheter un poulet. Viens chez moi. Nous prendrons un verre et fabriquerons les ossements de ta fiancée. »

VIII

Les cerisiers commençaient à fleurir dans la ville aux toits de tôle rouillés. Asagi Shimpachi, poursuivi par des groupes de voitures et de vagabonds, marchait en direction du crématorium de Mikawajima.

Les voitures étaient arrêtées, les unes derrière les autres, à la barrière à partir de laquelle le chemin se rétrécissait, afin de recevoir un billet leur permettant de passer. Y avait-il trop de funérailles ou trop de voitures ? Pour un enterrement, seuls un corbillard et une voiture de tourisme étaient autorisés à pénétrer à l'intérieur du crématorium. Pourtant, dans cet étroit chemin, il y avait un nombre de voitures suffisant pour faire perdre la tête à Shimpachi. Celui-ci était tout étonné de voir, pour la première fois, des voitures de luxe, hautes sur roues, à l'arrière imposant. Les vagabonds ne semblaient pas impressionnés par la sévérité de ces monstres graves. Ils criaient, attroupés autour des vitres, de l'air le plus sérieux du monde. D'ailleurs, de l'autre côté, il y avait tout un ensemble de visages exprimant une autre sorte de sérieux. Leurs vêtements noirs et blancs donnaient l'impression qu'ils se pressaient vers leur dernier jugement. La saison allait revêtir sa robe printanière, tandis que les jeunes filles visitaient le crématorium comme s'il s'agissait d'un quelconque salon de la noblesse... En tout cas, quelle différence entre le cadavre de Yukiko sur la table de dissection et les vêtements conventionnels du personnel !

« Je ne pouvais plus rire, me dit Shimpachi tout en poursuivant son récit, car mon affaire était tellement comique que mon intention avait été de m'y rendre et d'en revenir en ricanant.

— Tu avais l'intention d'aller voler des ossements ?

— Eh bien, sais-tu que ce n'est qu'après être allé au crématorium que je me suis rendu compte que j'aurais dû les voler ? Parce que là-bas il n'est pas exclu d'en ramasser comme du bois mort en forêt.

— N'est-ce pas ? Il y a quelque temps, les gens du voisinage sont allés se plaindre à la police de ce que beaucoup d'ossements avaient été jetés derrière le crématorium de Mikawajima, on en a même parlé dans les journaux.

— Pouvais-je savoir ce qui se passait derrière, moi qui étais étudiant ?... La veille au soir, nous avions, Irié et moi, grillé des os de poulet tout en buvant du saké chez lui, et, comme c'était sur un gril, il m'avait fait remarquer que cela ne prenait pas la couleur d'ossements, nous les avions enfouis sous la cendre et nous avions fini par fabriquer les ossements de Yukiko mais, à la réflexion, nous n'avions ni urne ni sac de brocart. Je ne pouvais imaginer que cela se vendait ailleurs qu'au crématorium, et je m'y étais rendu le lendemain matin pour en acheter... D'ailleurs, il valait mieux, à tout hasard, que je voie comment se présentaient les os humains. »

En tout cas, il n'y avait que Shimpachi à marcher tout seul sur la route qui conduisait au crématorium. Il marchait en faisant semblant d'accompagner un groupe de cinq ou six personnes qui se rendaient à la cérémonie des funérailles ou de récupération des cendres.

« Mais, finalement, Yukiko n'était-elle pas une inconnue pour moi ? me dit Shimpachi tout en poursuivant son récit. En tout cas, il ne faisait aucun doute que j'étais le seul à être allé pour elle au crématorium. »

Tout en marchant parmi les voitures et les vagabonds, sans raison, exagérément la colère l'avait pris... En apprenant qu'on allait fabriquer de faux ossements de jeune fille, la femme qui avait tout l'air d'être l'épouse d'un médecin s'était mise à rire :

« Attendez un instant. C'est dommage de les brûler ainsi », et ses cheveux drus sur les tempes lui rappelaient, de manière arrogante, l'épouse d'Irié qui allait chercher de la soupe pour des enfants malingres.

Les faubourgs de la ville étaient encore humides de la pluie qui était tombée deux jours plus tôt. Une jeune fille le suivait, qui marchait de la même manière que lui dont les semelles de chaussures étaient trouées. Elle prit appui à la devanture d'un marchand de socques pour enlever ses tabis et les glissa entre ses seins... Cela rafraîchit soudain Shimpachi. Il fut étonné de sa propre réaction et se retourna plusieurs fois. A son insu, elle avait profondément enfoncé ses tabis dans son décolleté. Shimpachi eut soudain une brusque envie de rire. La jeune fille commençait à se tracasser pour ses socques. Il sentit alors que la colère l'envahissait.

« Mademoiselle, je ne regarde pas vos socques. Je regarde vos beaux pieds.

— Et alors ! » répliqua-t-elle avec l'air de vouloir se jeter sur lui. En plus du chignon, la coiffure à coques n'allait pas à son visage souriant en lame de couteau. Elle avait un paquet blanc à la main. Le crématorium était superbe, comme un parc extraordinaire. Il y avait, semblait-il, une maison de thé, un vieux théâtre et une salle de réunion délabrée... Ils ouvraient tout grand une bouche noire, comme dans un pays détruit.

IX

Appuyée contre le mur d'un bureau qui ressemblait à une vieille poste, la jeune fille remettait ses tabis. A l'intérieur, les gens levaient les yeux vers un panneau indiquant les tarifs des différentes classes d'incinération en parlant à voix basse, avant de se presser autour du guichet afin de payer, avec la même tête que si on leur prélevait l'impôt. Shimpachi acheta le plus petit modèle d'urne et un sac de brocart rouge. Une voiture en ferraille, pleine de cercueils en bois blanc, faisait un bruit de roues terrible sur le ciment. Il la suivit.

Bien sûr, cela ne pouvait être qu'une incinération de dernière classe, car les boîtes de cadavres s'empilaient sur une plate-forme en ciment semblable à un débarcadère... et quand on jetait un coup d'œil par la grande entrée sombre, on percevait l'odeur écœurante de cendres d'os humains. La jeune fille à la coiffure à coques était là elle aussi. Elle se tenait debout devant les portes de fer d'un énorme four en brique qui évoquait une cruelle hygiène, un peu comme l'endroit où on brûlait les ordures de la capitale corrompue. Un employé tira vers lui une espèce de gros tiroir de fer avant d'en vider les ossements à l'aide d'un balai dans une sorte de pelle à ordures métallique qu'il lança sur un coin de table en disant :

« Tenez, ramassez cela ! »

La jeune fille se tourna vers lui qui se tenait debout dans l'entrée. Elle semblait l'appeler d'un regard volontaire. Elle ouvrit un paquet blanc.

« Je fus vraiment étonné, me dit Shimpachi tout en poursuivant son récit, car l'urne était un pot comme on en utilise pour conserver le miso ou les prunes confites. Elle l'avait certainement pris dans sa cuisine et sans doute lavé juste avant de l'emporter. »

Elle sortit de longues baguettes de bambou d'un étui de porcelaine qui se trouvait sur la table et, s'adressant soudain à Shimpachi :

« C'est avec cela qu'on les prend, n'est-ce pas ?

— Oui, répondit-il, embarrassé.

— Excusez-moi, mais vous ne voulez pas rester là ?

— Vous êtes seule ?

— L'employé vient tout juste de me le demander et, finalement, je lui ai répondu que non.

— Qui est-ce ?

— Ma sœur aînée. »

Shimpachi l'aida à recueillir les ossements à l'aide des baguettes de bambou.

« Je vous remercie. Grâce à vous, je n'ai plus l'impression d'être seule.

— C'est étrange, moi aussi je me promène avec une urne, voyez-vous ?

— Ah oui ?

— N'est-ce donc pas normal d'en apporter deux, une grande et une petite ?

— Est-ce que vous me laisseriez recueillir quelques os dans cette urne-ci ?

— Quoi ?

— Est-ce que je ne pourrais pas avoir quelques ossements de votre sœur ?

— Mais ce sont des os d'une personne que vous ne connaissez pas !... Vous n'alliez pas en recueillir de votre côté ? Vous étiez seul vous aussi. La personne qui vous accompagne...

— Il n'y en a pas.

— Alors je vais vous aider, après. Quand on est seul, l'employé vous traite n'importe comment. J'ai trouvé cela pénible.

— Je ne suis pas venu recueillir des cendres.

— Ah bon, et cela ?

— Je suis juste venu pour acheter cette urne... En fait, quelqu'un de la campagne est mort à Tōkyō, et on m'avait confié ses ossements, mais l'étudiant que je suis les a égarés. Et comme quelqu'un est venu pour les récupérer, je me suis affolé, je suis venu acheter une urne, et j'ai fabriqué de faux ossements en faisant griller des os de poulet...

— Des os de poulet ! » et elle partit d'un énorme éclat de rire. Dans le crématorium semblable à un empilement de cubes froids, ce rire perçant se répercuta si fort... l'écho en fut si éclatant qu'il en fut pétrifié.

« Alors, les os de ma sœur vous seraient bien utiles.

— Ils sont beaucoup plus jolis que les os de poulet.

— Eh bien !

— Excusez-moi... mais les ossements humains sont moins abondants que je ne pensais.

— Vous trouvez ?

— Ils sont encore tièdes... Mais si votre sœur nous voyait, elle trouverait cela bizarre. Elle était mariée, sans doute ?

— Je crois qu'elle se contenterait de me demander pourquoi je ne les ai pas vendus.

— Vous voulez parler des ossements ?

— Et vous, quel âge avait-elle celle que les os de ma sœur doivent remplacer ?

— Elle devait avoir un ou deux ans de plus que vous. »

Au bout de la table sur laquelle ils recueillaient les ossements, s'alignait une dizaine de papiers blancs. Sur ces papiers se trouvaient, servant de presse-papiers, deux, trois ou quatre pièces de cinquante sous. C'était le certificat qu'on donnait à l'employé en échange des ossements, bien pratique, car on savait d'un seul coup d'œil combien il fallait donner de pourboire. Le seul papier qui n'était pas recouvert d'argent était le certificat de la personne décédée dont ils étaient tous les deux en train de recueillir les ossements. Il s'envolerait sans doute au moindre vent qui soufflerait par la fenêtre.

X

Arrivée à la grande entrée du crématorium, la jeune fille enleva de nouveau ses tabis. Cette jeune fille qui donnait à Shimpachi l'impression d'être une étudiante avait une belle peau, d'une blancheur précoce. A la vue de son cou assez court, il eut envie de lui déclarer sa passion.

« Elle avait l'abord facile de quelqu'un qui vient d'on ne sait où, rencontré par hasard, me dit alors Shimpachi tout en poursuivant son récit, mais, par la suite, j'ai pensé que c'était peut-être l'impression d'un homme incapable de s'amuser avec les femmes et qui a l'envie inconsidérée de parler avec une prostituée. »

Arrivée dans la rue, la jeune fille s'était mise à marcher à l'écart, d'un air fâché. Elle semblait encore plus affamée qu'à l'aller. Shimpachi la suivit et lui adressa la parole, pensant que c'était la dernière fois :

« Pardonnez-moi, mais votre sœur aura sans doute une autre tombe quelque part à la campagne ?
— Chez moi, ça m'étonnerait qu'on lui fasse une tombe.
— Eh bien, quant à moi...
— Ce n'était pas le genre de fille à posséder une tombe. J'ai beau repartir avec tous ses os, je ne sais pas ce que je dois en faire. Je suis venue uniquement parce que l'employé des pompes funèbres de la mairie l'a envoyée à la crémation et que je me serais fait disputer si je n'étais pas venue recueillir ses ossements.
— Ça existe, les employés des pompes funèbres ? »
Un couple de lépreux se rapprochait en se traînant sur les genoux dans la boue.
« On dit que les employés du crématorium touchent beaucoup d'argent.
— Oui, sans doute.
— Les actions du crématorium sont avantageuses, et il paraît qu'on n'en vend que très rarement.
— Tout à l'heure, vous avez bien dit que vous alliez vendre les cendres de votre sœur aînée ?
— Ah oui ?
— En fait, c'est moi qui..., commença Shimpachi en agitant le sac où se trouvait l'urne, ai vendu les os du cadavre de cette jeune fille.
— Eh bien !
— C'est peut-être gratuit avec les pompes funèbres, mais quand on en fait don à la dissection de l'École de médecine, on vous donne un peu d'argent.
— Elle était à vous, cette personne ?
— Comment pourrais-je vous expliquer ?
— Combien avez-vous pu la vendre ?
— Je n'ai rien vu de cet argent.
— Je vous demanderai de me vendre moi aussi quand je mourrai.
— C'est plus amusant que de prendre une assurance.
— Avec une telle promesse, c'est peut-être mieux de ne pas se quitter de toute notre vie.

— Vous pourriez me vendre cher ?

— Il faut voir...

— J'aurais mieux fait de vendre le corps de ma sœur aînée. Puisque de toute façon elle n'a fait que de le vendre toute sa vie. Oh ! qu'est-ce que je vous dis là ! Mais cela ne fait rien, puisque je ne vous reverrai jamais. Jusqu'à sa mort, elle a tenu un journal dans lequel elle inscrivait tous les jours la somme qu'elle avait gagnée avec son corps.

— Vous allez vivre seule ?

— Donnez-moi votre carte. »

Elle monta dans un petit train de banlieue.

« Par la fenêtre, me dit Shimpachi tout en poursuivant son récit, j'apercevais le haut de son visage qui était tourné vers moi. Il était d'une telle beauté qu'il en était méconnaissable. C'était sans doute aussi parce que ses vêtements sales étaient cachés. »

Des joues recouvertes d'un épais maquillage poli comme de l'argile rose... Quelle tristesse matinale.

XI

Bien sûr, chez Asagi Shimpachi, comme ailleurs, le journal était distribué matin et soir. Et il avait aussi un chien. A ce petit chien, croisé de terrier et de pékinois, il avait donné le nom de « Yobisuzu ».

« Ce n'était pas une plaisanterie... Le pauvre étudiant que j'étais encore un mois auparavant, possédait maintenant une maison, avec des prétentions qui l'entraînaient à désirer une sonnette, me dit Shimpachi tout en poursuivant son récit. Il se mettait à hurler à la mort dès que quelqu'un venait à la maison, en fait c'était surtout des livreurs.

— Moi aussi tout à l'heure dans l'entrée ?

— Oui, c'est lui... Il s'est mis à aboyer, hors de lui, en sautant, n'est-ce pas ? Moi qui n'avais que des demeures temporaires, je ne pouvais m'empêcher d'observer avec curiosité son air si sérieux au point qu'il en était presque fou. Cette détestable mesquinerie de l'homme protégeant avec arrogance sa maison ridicule qui ne lui appartient même pas et dont il ne sait même pas qui l'habitait hier, imprègne pareillement ces idiots de chiens ! »

De plus, ce chien était élevé sur les tatamis et, pour lui faire faire ses besoins très tôt le matin, on l'attachait dehors à l'entrée, mais il semblait s'y être habitué, car la seule personne après laquelle il n'aboyait pas était le livreur de journaux. Ou encore, quand il voulait aller dehors, il sautait sur le sol de l'entrée en terre battue en aboyant devant la porte de treillis pour demander qu'on lui ouvre.

Cet homme était sans nul doute en train de prendre l'habitude de toutes sortes de vies adaptées à la forme de cette maison.

Au-dessus de la porte d'entrée de la maison de Shimpachi, au début de l'été, pendaient des branches de genêt à fleurs très jaunes et de paulownia à fleurs mauves, venues du jardin de la maison voisine. Il vit ainsi pour la première fois de sa vie à quoi ressemblaient les fleurs de genêt. Et il put constater que la chute des fleurs de genêt était laide, tandis que celle des paulownias était d'une gaieté éphémère.

« J'ai su tout cela sans m'en rendre compte... Ensuite, j'ai fait un rêve de chien. J'ai rêvé de mon chien, me dit Shimpachi tout en poursuivant son récit, il ne s'agissait pas de lui, mais de la sœur cadette de Yukiko qui disait : "Mon Yobisuzu, mon Yobisuzu", et me parlait beaucoup du chien. Et bientôt, moi aussi j'ai rêvé de Yobisuzu. Quand je m'éveillai, j'avais tout oublié, sauf que j'étais rassuré, car mon Yobisuzu était beau, comparé aux autres chiens.

— Mais pourquoi toi ?

— Tu veux savoir pourquoi j'étais si dédaigneux ?

— Je n'irai pas jusqu'à me moquer...

— En fait, je partageais maintenant une maison avec la sœur cadette de Yukiko et la jeune fille de la campagne qui était venue chercher les cendres.

— Ah bon ? Et tu t'es occupé rapidement de ces cendres ?

— Bien sûr, je l'ai dupée. Elle avait beau être sa sœur, elle n'avait jamais vu ses os, et tout s'est passé exactement comme me l'avait prédit l'assistant de l'hôpital universitaire. Elle était persuadée que les cendres de la prostituée étaient bien celles de sa sœur... »

Comme la jeune fille de la campagne allait poser son front sur l'urne, Shimpachi lui avait dit :

« Ouvrez-la donc. »

Ses doigts s'étaient mis à trembler, et elle avait soudain éclaté en sanglots.

« Bon, je vais aller acheter de l'encens », et il avait quitté l'endroit où il prenait pension, mais quand il s'était retrouvé dans les rues claires d'avril, il avait éclaté d'un rire si fort qu'il en avait été lui-même surpris.

« La jeune fille qui m'avait donné les cendres au crématorium, celle qui était venue les chercher, et ce printemps comme on n'en avait jamais vu... Tant de luminosité me ravissait », me fit remarquer Shimpachi tout en poursuivant son récit.

A son retour, il la retrouva prostrée et honteuse, l'urne serrée tout contre sa poitrine, les épaules secouées de sanglots.

« Tenez, voici les fleurs et l'encens.

— Merci », dit-elle, et elle se leva en essuyant son visage avec sa manche avant de promener son regard dans la pièce. Dans l'alcôve poussiéreuse qui lui servait de bibliothèque, s'entassaient, épars, des livres et des cahiers.

« Vous pouvez poser l'urne sur le bureau. »

L'odeur d'encens, bientôt, se répandit dans la pièce. Elle joignit les mains et baissa la tête. Derrière elle, Shimpachi, qui contemplait ses frêles épaules surmontées de sa coiffure à coques, ressentit une émotion simple et puérile.

« Avez-vous dormi dans le train hier soir ?

— Non.

— Il paraît que votre sœur aînée n'a jamais reçu de lettres, mais votre père et votre mère ont été prévenus ?

— J'étais seule, en apprentissage dans un endroit éloigné. »

Et elle lui dit qu'elle avait demandé un congé pour venir à Tōkyō. Elle avait dix-huit ans, disait-elle. Et il sut que sa sœur aînée Yukiko, avec ses vingt ans, était plus âgée qu'il ne l'aurait cru. Elles étaient seules, n'ayant plus de parents.

« Puisque vous n'êtes pas obligée de repartir rapidement, si nous allions voir les cerisiers avant votre départ ?

— Oui. »

Il demanda à la domestique de la pension de lui préparer un lit pour la nuit.

« Et par vanité, je lui ai dit que j'avais fait venir une bonne de la campagne parce que je venais de trouver un travail et que j'allais avoir une maison, me dit Shimpachi tout en poursuivant son récit, mais justement nous sommes sortis à ce moment là, et par la suite, je fus engagé par la filiale de Tōkyō d'une société de fil de soie artificielle, et j'ai réellement pu avoir une maison.

« Aussitôt après avoir quitté l'école, je mangeai mon repas... La surprise me fit ouvrir brusquement les shojis de la pension, et la jeune fille tout étonnée, se leva. Elle ne s'était pas mise au lit, et avait dormi avec le bord du matelas en guise d'oreiller. La trame de la couverture avait marqué sa joue rougie. Elle arrangeait ses cheveux en secouant sa main droite qui semblait ankylosée. »

Mais le soir, alors que la domestique était en train de faire la couverture des deux lits, elle disparut pendant une heure. Shimpachi sortit après l'avoir cherchée en vain dans les couloirs. La jeune fille était debout, le regard vague, à mi-pente. Quand il s'approcha, elle se mit à descendre de plus en plus vite, en suivant le ruisseau qui bordait la pente d'un côté. Quand il la rejoignit, elle pleura, la tête entre les mains.

« Que se passe-t-il ? dit Shimpachi, en tendant involontairement son bras, qu'elle repoussa violemment d'un coup d'épaule. Il ne faut pas rester là. En tout cas, il faut rentrer te coucher... Tu m'as bien dit que tu n'avais pas de famille à Tōkyō, alors tu n'as qu'à dormir à la pension pour cette nuit. »

Tout en pleurant, elle repoussa encore le bras qu'il tendait comme pour apaiser un enfant gâté. Mais elle le suivit en silence.

« En arrivant dans la chambre, elle ne pleurait plus du tout, me dit Shimpachi tout en poursuivant son récit, elle a enlevé sa veste et l'a pliée avec soin... Elle était comme Yukiko qui n'a jamais laissé traîner un fil dans sa chambre. »

La sœur cadette était semblable à la sœur aînée... Ah oui, quand elle enleva sa veste, il eut l'impression qu'elle était déshabillée, tellement ses os étaient fins et ses reins fermes, ce qui n'allait pas du tout avec ses mains enflées, habituées aux travaux des champs. La ceinture de mousseline à fleurs rouges devait être souple à l'intérieur, car elle était nouée serrée autour de ses reins qu'elle avait plus étroits que la largeur de sa ceinture. Elle enleva seulement sa ceinture et se mit au lit sans mettre le vêtement de nuit prêté par la pension.

« Et un mois plus tard, voici que je l'appelais : “Mon Yobisuzu” comme j'appelais mon chien, me dit Shimpachi tout en poursuivant son récit, et j'étais heureux, quant à moi, de cette nouvelle, toute nouvelle vie. Ne te méprends pas. Même si j'imaginais que le mariage devait être ainsi au début, il ne m'est pas venu à l'idée de l'épouser. Parmi mes aînés, à cette époque, il y en avait un qui changeait de bonne à tour de bras. Sa femme était souvent malade et, en général, il changeait de domestique au moment où elle était hospitalisée... Non, ce n'était pas que je ne savais pas quoi faire... Je me représentais seulement l'illusion éphémère d'avoir une jeune épousée. »

XII

La jeune fille s'appelait Chiyoko. Elle chantait tout le temps. Elle chantait avec l'accent d'Osaka. Il se demandait avec curiosité où une jeune fille comme elle, qui ne sortait dans le voisinage que pour faire ses courses, pouvait apprendre tant de nouvelles chansons. Sa coiffure faisant « campagnard », elle avait laissé pousser ses cheveux, mais cela l'ennuyait sans doute de les relever vers l'arrière car elle les laissait tomber sur les épaules, et il lui arrivait même de ne pas les nouer. Mais, bientôt elle eut les cheveux coupés au carré, comme une étudiante. Elle courait vers la place du marché après avoir noué sa vieille ceinture longue et de couleur noire.

C'était un samedi soir. A plat ventre sur les tatamis comme un soldat, Shimpachi avait la crosse de son fusil à air comprimé appuyée contre son épaule. Ainsi que Chiyoko le lui avait dit, une souris pointait la tête de derrière le manomètre de l'arrivée du gaz, pour jeter un coup d'œil dans la cuisine.

« Non seulement il y avait déjà un chien chez moi, mais des souris y avaient aussi élu domicile, et ce n'était pas rien, me dit Shimpachi tout en poursuivant son récit. Les femmes qui peuvent se composer un tel visage, et de plus le garder toute leur vie, dans une maison où par un soudain hasard on a commencé un beau jour à faire cuire le riz, ces femmes attirent-elles les souris ?

— Eh bien, si je me mettais à parler ainsi pour chaque petit fait !

— C'est sûr que, dès ma naissance, j'avais déjà le visage d'un employé de société de fil de soie artificielle.

— Tu n'étais pas contre le fait d'avoir une maison, n'est-ce pas ?

— Non... Selon l'état civil japonais, même les enfants naturels et les enfants abandonnés ont une maison. Chiyoko avait certainement une maison elle aussi. »

Shimpachi visa et tira un coup de fusil à air comprimé sur la souris qui était arrivée sur le plancher de la cuisine où elle s'était arrêtée, soudain recroquevillée. Elle sauta sur le mur d'en face qui se trouvait à un pied de là, pour se retrouver aussitôt sur le sol, le ventre en l'air.

« Je l'ai eue, la sale bête ! » Shimpachi se releva et aperçut alors Chiyoko, pâle, les lèvres décolorées. Il jeta le cadavre de la souris sans rien dire, avant de nettoyer lui-même le peu de sang qu'elle avait laissé. Il monta à l'étage, Chiyoko le suivit, et elle n'en redescendit que lorsqu'ils eurent entendu clairement du bruit du côté de la porte d'entrée.

« C'est une femme qui s'appelle Mme Fusemi. Elle a dit que vous comprendriez si je vous disais qu'elle vous a rencontré au crématorium. »

Shimpachi fixa intensément la figure encore pâle de Chiyoko, puis se précipita en bas avant elle.

« Je ne vous dérange pas ? J'ai su par la pension...

— Entrez.

— Est-ce que cela vous a été utile ?

— Ah !

— Je veux parler des os de ma sœur aînée.

— Oui, je vous remercie », et Shimpachi remonta vite à l'étage, où il s'assit.

« Comment allez-vous ? Comment vous êtes-vous arrangée ?

— Quoi ? comment ?

— Après la mort de votre sœur aînée... vous vous êtes retrouvée seule ?

— Cela, oui, je m'en souviens très bien. Au crématorium, vous m'avez dit qu'avant de tenir le journal de la vente de mon corps comme ma sœur aînée, il fallait que je vous téléphone à votre pension. J'ai voulu le faire. Mais vous aviez déjà déménagé.

— Eh bien, mais vous ne m'aviez pas laissé votre adresse !

— Ah, c'est vrai ? » Alors que la jeune fille riait en agitant ses manches, Chiyoko l'appela d'en bas. Elle lui demandait d'aller chercher l'eau qui bouillait sur le gaz parce qu'elle avait peur d'entrer dans la cuisine où la souris avait été tuée. Elle monta derrière lui à l'étage et servit le thé, cachée un peu en retrait de lui. Il regardait la couleur de la peau de Takako Fusemi.

« C'était une couleur différente de la vie, me disait Shimpachi tout en poursuivant son récit. Elle ne s'était pas frottée aux quartiers des plaisirs de luxe, mais elle avait cette blancheur épaisse et brillante de la précocité née du désir de se vendre rapidement... Non, c'était une belle clarté qui me poussait vaguement à me reprendre, car il ne fallait pas. »

Quand Chiyoko ne fut plus là, Takako reprit :

« Vous lui avez donné les ossements ?

— Je les lui ai donnés.

— C'est elle, la sœur cadette de la personne qui est morte ?

— Elle, c'est la bonne.

— Elle, une bonne ?

— Pourquoi me dites-vous cela ?

— Ici, même si c'est en dehors de la ville, c'est un quartier résidentiel. C'est un quartier différent du nôtre.

— C'est idiot.

— Je la regardais en me disant que ce serait bien si les os de ma sœur aînée avaient pu prendre la place de ceux de sa sœur.

— Eh bien, avait répondu Shimpachi en détournant les yeux.

— Vous n'auriez pas une photographie de cette personne qui est morte ?

— Oui, si cela ne vous gêne pas qu'elle y soit toute nue... » et, prenant celle de Yukiko parmi les trois photographies du couple indécent cachées dans une malle en osier au fond du placard, il la tendit à Takako qui était toujours debout.

« C'est au moment où on l'a mise sur la table de dissection.

— Ah bon ? » répliqua-t-elle seulement, puis, silencieuse, elle regarda d'un air sérieux la photographie.

« Je vais vous laisser. »

Shimpachi sortit raccompagner Takako. Ils dépassèrent de beaucoup la gare du train de banlieue, pour y revenir ensuite avant de se séparer et, en rentrant, il trouva le rez-de-chaussée plongé dans l'obscurité. Il entendit qu'on refermait la porte du placard du premier étage et Chiyoko ne vint pas l'accueillir. Shimpachi eut un pincement au cœur et se précipita à l'étage. Comme il s'y attendait, Chiyoko pleurait. Déshabillée, elle était assise, l'air vague, à côté de son lit. Elle avait les yeux bouffis et son visage était plein de larmes.

« Mon vêtement de nuit n'est pas sorti », prétexta Shimpachi en ouvrant le placard. Comme il s'y attendait, le couvercle de la malle en osier... Chiyoko avait vu le corps nu de sa sœur au milieu des photographies indécentes.

Chiyoko, qui s'était levée brusquement, vint plaquer son visage tout contre sa poitrine. Déséquilibré par ce poids auquel il ne s'attendait pas, il la serra dans ses bras. Il s'assit et elle se laissa tomber sur ses genoux. Il se demanda, à la tiédeur de ses genoux, s'ils n'étaient pas en train de s'imprégner de larmes. Tout en lui caressant le dos, il commença d'une voix bien haute :

« Que se passe-t-il ?... Dis, ce soir, tu vas dormir toi aussi au premier. Allons, lève-toi. »

Même quand elle se leva, Chiyoko continua à cacher son visage derrière son corps.

« J'ai peur des souris. »

« Chiyoko m'a dit qu'elle avait peur des souris, tu te rends compte ? » me dit Shimpachi tout en poursuivant son récit.

« Bon, si tu as peur des souris, tu vas dormir au premier étage », lui dit Shimpachi en la prenant par les épaules comme un frère, et il observait le visage de la jeune fille soudain devenu puéril.

XIII

Ensuite, ils dormirent toujours comme de jeunes frères et sœur.

« Dire que c'était toujours comme cela serait un peu mensonger..., me dit Shimpachi tout en poursuivant son récit, mais en tout cas, il y avait plein de choses aberrantes. »

La première chose qui l'étonna fut que la jeune fille dormait de manière bien trop désinvolte avec les hommes. Était-ce parce qu'elle ne connaissait rien des relations conjugales ? Pourtant, elle avait vu les trois photographies indécentes. Et, cependant, elle s'endormait aussitôt paisiblement. C'était Shimpachi qui n'arrivait pas à s'endormir.

Qu'avait-elle pensé en voyant la photographie de sa sœur nue ? Puisque le chapelier chez qui Yukiko avait pris pension avait téléphoné à Shimpachi pour annoncer qu'on lui avait fait de belles funérailles, il n'y avait aucun doute que Chiyoko n'y avait vu que du feu. D'ailleurs, la supercherie avait été possible grâce aux ossements de la sœur aînée de Takako et, en tout cas, elle avait même vu les os de Yukiko qui prouvaient, qu'il y avait bien eu des funérailles. Pourquoi un corps pour lequel on avait fait de si belles funérailles se retrouvait-il nu sur une photographie ? Chiyoko s'était-elle rendu compte que c'était un cadavre ? Avait-elle vu que c'était une table de dissection ? Sa sœur aînée Yukiko...

« Elle était vivante », me dit Shimpachi tout en poursuivant son récit.

Pourquoi Shimpachi la cachait-il au milieu d'autres photographies indécentes ? On l'avait prise nue, couchée sur un curieux lit, semblable à une plaque métallique peinte d'un blanc pur, au beau milieu d'une pièce à l'occidentale bien éclairée.

Par bonheur, la femme de ces photographies ne semblait pas honteuse et avait un visage ordinaire. On voyait d'un seul coup d'œil que Yukiko n'était pas une femme de son genre. Mais la photographie de la femme nue se trouvant mélangée aux autres, Chiyoko avait peut-être pensé que Yukiko se compromettait avec elle. A partir de cette photographie, comment Chiyoko avait-elle imaginé la vie de sa sœur aînée qui était loin d'elle ?

C'était peut-être par honte de sa sœur aînée qu'elle s'était ainsi caché le visage tout contre son corps.

« Non, en tout cas, Chiyoko a certainement ressenti un violent sentiment de colère à mon égard. Comme le ressentiment était tellement violent.... me dit Shimpachi tout en poursuivant son récit, les nerfs de la jeune fille qui était seule dans la maison n'avaient pas résisté longtemps... Elle s'interrompit aussitôt, éprouva soudain de la tristesse, et peut-être se sentit-elle plongée dans une douleur indicible. Et si elle s'est raccrochée à moi parce qu'elle se sentait complètement perdue, cela voudrait dire que Chiyoko a eu le temps de me pardonner pendant que je marchais longtemps avec Takako. »

En me voyant rire du bout des lèvres, Shimpachi — cela semblait être son habitude — me dit d'un ton sévère :

« Non, dans la plupart des cas, les études psychologiques ne sont pas intéressantes... Dans ce cas, la réalité est que c'est la température du corps de Chiyoko que j'ai ressentie de manière nouvelle. »

Chiyoko, qui avait la peau comme de la cire d'abeille blanche exposée longtemps au vent d'automne soufflant dans la plaine, avait une température plus élevée que celle de Shimpachi.

« C'était effrayant. Depuis que j'étais descendu du premier étage de chez le chapelier avec le corps de Yukiko dans les bras..., me dit Shimpachi tout en poursuivant son récit, j'avais l'impression que le corps des femmes était froid. »

C'est pourquoi la température du corps de Chiyoko était nouvelle pour lui. Sa chaleur et son profond sommeil le rendirent progressivement plus hardi. Et, cinq ou six jours plus tard, Shimpachi qui la serrait dans ses bras alors qu'elle lui tournait le dos la lâcha discrètement pour plonger aussitôt dans un sommeil profond.

Ayant dormi à poings fermés, il se réveilla léger, comme s'il était vide. Ils se retrouvèrent l'un en face de l'autre, comme si de rien n'était, pour le petit déjeuner. Il partit pour le bureau la tête toujours aussi légère.

Mais, quand il rentra dans la soirée, il trouva Chiyoko debout dans la pièce, qui pleurait la tête contre un pilier, au milieu de paniers et de ballots. Elle l'accueillit pourtant et, tout en rangeant ses vêtements, lui dit :

« Je voulais partir sans rien dire et je vous ai laissé une lettre...

— Eh bien !

— Mais j'avais l'impression que ce n'était vraiment pas gentil...

— Et cette lettre ?

— Quand je me suis réveillée ce matin... Hier au soir, sans m'en apercevoir... »

« Chiyoko m'a dit cela », me dit Shimpachi tout en poursuivant son récit.

« Montre-moi cette lettre !

— Je pensais qu'il valait mieux ne pas vous la montrer, mais je vous attendais parce que ce n'était pas correct de partir pendant votre absence. Mais puisque c'est de ma faute », et, en entendant ces mots, Shimpachi sentit la colère monter en lui.

« La lettre ?

— Elle est sur le bureau, au premier étage. »

Dans la lettre étaient écrites ces choses simples : « Puisque c'est de ma faute, séparons-nous sans rien dire. Pensez que je suis repartie à la campagne et ne vous inquiétez pas pour moi. Prenez l'argent pour la serge que vous m'avez achetée l'autre jour sur mon salaire de ce mois. J'ai mis l'argent que vous m'aviez prêté dans cette enveloppe. Le carnet de courses est sur le garde-manger. Le linge est à la blanchisserie et le reste est étendu derrière. Votre dîner de ce soir est prêt. Je vous demande seulement de déchirer la photographie de ma sœur. Vivez en bonne santé. »

« En voyant ces mots d'adieu, j'ai été vraiment surpris, me dit Shimpachi tout en poursuivant son récit, j'ai réalisé qu'il fallait donc nous séparer. »

Se séparer... Chiyoko utilisait ce mot avec une gravité pleine de dignité. Pour si peu de chose !... Ah oui, Shimpachi s'en sortit sans peine et, comme dans le train, il avait déjà pratiquement tout oublié, il se laissa aller à penser qu'elle était jolie et que, somme toute, ce peu de chose était sans doute la grande affaire de sa vie de femme... Shimpachi réalisa soudain combien ce « peu de chose » était, il ne pouvait le dire autrement, insipide. Il se sentit alors complètement abattu. A force de mots, il avait sauvé Chiyoko d'une étrange tristesse. Nul doute qu'elle fût encore plus épuisée que lui.

« Voulez-vous bien de moi jusqu'à ce que je trouve une autre place ou un travail qui me permette de gagner ma vie ?... Je ne sais plus où aller. »

Elle ne pouvait plus se marier... Cela aussi surprit Shimpachi avant de frapper sa conscience.

Tard dans la nuit, Chiyoko murmura, tout en montant à l'étage en s'appuyant à son bras :

« Même si vous me gardez, n'abusez pas de moi. »

XIV

Les cendres de Yukiko étaient restées dans le panier où Chiyoko les avait mises quand elle avait voulu quitter la maison. Les photographies indécentes étaient toujours rangées depuis que Chiyoko les avait vues. Et celle-ci, comme la première fois que Shimpachi avait vu Yukiko dans l'autobus vert, avait la peau qui prenait peu à peu une couleur normale, comme une « fille des champs venue à la ville et qui commence à pâlir... », tandis que son duvet se remarquait, et c'était déjà l'hiver.

« Même si vous vous mariez, vous me garderez ? » lui disait-elle toujours d'un air légèrement effrayé, et elle semblait beaucoup plus femme que sa sœur aînée.

Le corps de Chiyoko lui rappelait Yukiko qui n'avait été rien de plus qu'une fiancée morte.

Et bientôt elle devint elle aussi receveuse d'autobus.

« Uniquement parce que sa sœur l'était... Il y a des raisons qui relèvent de la destinée, et c'est pour cela qu'elle avait choisi ce travail, tu sais, me dit Shimpachi tout en poursuivant son récit. J'étais à la recherche d'une couleur tout à fait différente de celle de la vie... Si j'aimais Chiyoko, c'était sans doute parce que je sentais que je n'étais pas obligé de l'épouser. »

Ce sentiment devait s'étendre à Chiyoko et la pousser à s'agiter dans la maison. Il n'y avait pas que cela, car elle commençait à trouver la vie pénible à l'intérieur de la maison. Le sentiment de Shimpachi à son égard était passé, à son insu, de « je l'emploie » à « je l'entretiens ». Depuis qu'il avait l'impression de l'entretenir, il n'y avait pas eu de changement particulièrement notable dans leur vie, mais il ne pouvait plus lui verser son salaire, et les notes impayées s'accumulaient de mois en mois. Il en était arrivé à ne plus pouvoir entretenir sa maison si Chiyoko ne se mettait pas à travailler à l'extérieur.

Par ailleurs, une couleur différente dans la vie de Shimpachi, Takako, petit à petit, avait pris l'habitude de venir le voir. Chiyoko, avec son travail aux autobus, était souvent absente le soir. Takako alors venait lui demander de vagues conseils à son propos. A l'en croire, elle était toujours en danger. Elle disait avoir fui le diable pour venir le rejoindre. Et elle riait, épanouie comme une fleur à grande corolle.

« Je ne veux pas d'un travail léger, lui reprochait-elle sans cesse, quand il lui disait qu'il allait lui trouver du travail. Quelle idée de penser que je pourrais faire la même chose que ma sœur aînée...

— Mais, regarde Chiyoko, elle est devenue receveuse comme sa sœur aînée.

— Il n'y a pas de raison pour qu'une sœur cadette ne puisse faire que ce que sa sœur aînée a fait. Vous croyez que je ferai comme elle qui est morte abandonnée de tous ?

— Comme elle l'a été, veux-tu dire ?

— Je suis beaucoup plus débrouillarde qu'elle.

— Mais ta sœur était certainement débrouillarde à ton âge.

— C'est vrai. »

Après avoir trouvé un travail, Chiyoko, comme la joyeuse Takako qui l'attirait encore plus — son « danger » étant son charme — apparût différemment dans la vie de Shimpachi. Tout en fixant la grossière épingle du grand chapeau noir de son uniforme bleu marine de receveuse, il ressentit évidemment le « danger » inhérent à ses frêles épaules.

Ces deux « dangers » s'écroulèrent sur lui en même temps.

Chiyoko attrapa une pneumonie, comme sa sœur aînée, et fut admise dans une chambre de l'hôpital universitaire par l'entremise de l'assistant Irié.

Takako, mouillée par le grésil, se précipita chez lui sans parapluie.

« Je ne peux plus retourner dans cette maison », lui dit-elle en se mettant à pleurer.

« Mais moi, je ne savais pas ce qu'elle voulait dire en parlant de "cette maison" », me dit Shimpachi tout en poursuivant son récit.

Et tout en voulant lui faire revêtir, de ses propres mains, un kimono de Chiyoko :

« Puisque justement Chiyoko est à l'hôpital, ce serait bien si tu restais ici. »

Alors qu'elle était en train de lisser ses cheveux mouillés, elle secoua violemment la tête avant de se remettre à pleurer, et ses cheveux s'éparpillèrent en tous sens. Elle n'avait pas noué sa ceinture. Il se glissa furtivement derrière elle, la prit dans ses bras et lui demanda de l'épouser.

« Non, mais vous me chatouillez, répondit-elle en se levant précipitamment, je vais rentrer. »

Il se mit à argumenter avec passion.

« Je ne sais pas très bien pourquoi j'étais si passionné. Peut-être ai-je eu envie de la retenir comme quand Chiyoko m'a annoncé qu'elle partait ? » me dit Shimpachi tout en poursuivant son récit.

« Pense que tu es morte, ferme les yeux et reste avec moi.

— Non. Je ne peux pas me marier à la légère, vous savez.

— Au lieu de vendre ton corps à une centaine d'hommes, tu n'as qu'à penser qu'un seul t'a tuée.

— Non... Que faites-vous de Chiyoko qui est mourante à l'hôpital ?

— Mourante ?

— C'est fini pour moi.

— Quel âge as-tu donc ?

— Vous pensiez que j'étais une enfant de quatorze ou quinze ans ?... Tout est fini pour moi. Si cela s'était passé beaucoup, beaucoup plus tôt !

— C'est toi qui m'invites, maintenant ?

— Non, je ne vous invite pas. Cela m'attriste de voir que vous aussi vous me croyez ainsi. Finalement, je n'y peux rien... Je rentre. »

XV

La déclaration de mariage de Shimpachi et de Chiyoko ne précéda la déclaration de décès de celle-ci que de deux jours.

« Oui. Depuis que Yukiko était devenue cadavre, j'avais fait semblant, pour m'amuser, de l'avoir comme concubine, et cette fois-ci, même si ce n'était plus pour m'amuser, depuis que Chiyoko avait été jugée perdue, j'étais allé déclarer notre mariage, me dit Shimpachi tout en poursuivant son récit, mais pourquoi ai-je dit à Takako que je voulais l'épouser, alors que je ne l'ai pas dit à Chiyoko ? Qu'est-ce que ce monstre qu'on appelle l'institution du mariage ? »

Shimpachi avait été surpris. Il était intimidé devant les autres malades de la salle commune et, comme il craignait que cela fût pour elle comme une condamnation à mort, Shimpachi sortit discrètement la déclaration de mariage de sa poche, et Chiyoko tendit la main hors du lit tandis que de grosses larmes coulaient sur ses joues. C'étaient des larmes qui révélaient avec pureté le trouble de son cœur et la tristesse de la vie. Elle le regardait avec des yeux qui revivaient soudain, tout en agitant ses souples paupières. Il n'avait jamais vu d'aussi belles joues... Elles étaient pleines de larmes. Gêné de la voir si reconnaissante, il eut, lui aussi, les larmes aux yeux. Il se rendit aussitôt à la mairie porter la déclaration, et, quand il en revint, une forte fièvre la faisait déjà délirer.

« Et le cadavre, demanda Irié à Shimpachi peu après qu'elle eût rendu le dernier soupir, qu'en fait-on ?

— Comment cela, qu'en fait-on ?

— On ne peut pas le laisser dans cette salle, et on ne peut pas non plus le transporter à la salle de dissection avant vingt-quatre heures... Est-ce que tu l'emmènes d'abord chez vous ?

— Eh bien, si on y est obligé. Mais je te préviens que je n'ai pas l'intention d'emprunter pour les funérailles.

— As-tu vu dans le journal qu'un superbe enterrement avait eu lieu, au point que des policiers s'en étaient étonnés, et c'était le chef des mendiants qui était mort.

— Je me suis marié avant-hier, tu sais.

— Alors nous pouvons la mettre pour cette nuit dans la chambre mortuaire de l'hôpital, et nous demanderons à ce qu'elle soit transférée demain dans la salle de dissection.

— La chambre mortuaire, c'est la pièce où les corps flottent dans des réservoirs ?

— Ceux de la salle de dissection ?... Cela, c'est la morgue. La chambre mortuaire est attenante à l'hôpital. C'est une belle chapelle, destinée à décorer la mort.

— Cela existe ?

— Oui, malheureusement pour l'hôpital... Mais il faudra la veiller. Tu auras peut-être peur tout seul. Mais l'hôpital exige qu'il y ait quelqu'un aux côtés du mort. »

XVI

Une lourde porte au bout du couloir qui desservait les chambres des malades s'ouvrait sur le couloir de la mort.

« L'odeur de médicament y est très nette... Et au moment où la lourde porte s'est refermée derrière moi, j'ai réalisé avec étonnement combien l'odeur de la vie m'était chère, me dit Shimpachi tout en continuant son récit, ce couloir n'était visible d'aucune chambre de malade. L'odeur du médicament n'y parvenait pas non plus. Puisque c'était le couloir par où on transportait les cadavres, tu sais. »

Contre le mur, de chaque côté, se succédaient les civières. Sur chacune d'entre elles flottait le spectre de la mort... En réalité, c'était un couloir retiré qui ne voyait passer que les morts. Il n'y avait pas une seule fenêtre. C'étaient de longs murs blancs. Pourtant, on y entendait la pluie glacée qui tombait des branches des arbres.

Shimpachi avait eu envie de poser cette question :

« Combien de personnes passent-elles par ici chaque jour ? »

Deux infirmières, l'une devant, l'autre derrière la civière, se retournèrent. Celle de derrière était maquillée. Celle de devant ne l'était pas. Soudain, Shimpachi eut peur de la femme qui était maquillée, tandis qu'il eut envie de prendre dans ses bras celle qui ne l'était pas.

« C'est terrible, dans certains cas, le maquillage d'une femme, me dit Shimpachi tout en poursuivant son récit. Ah oui, quand on quitta le couloir, il y a eu cette pluie battante sur le cadavre. Le linge blanc qu'on avait posé sur son visage était trempé et faisait ressortir la forme de son nez. »

Je secouai la tête pour me débarrasser de cette image.

« Parle-moi plutôt du maquillage de l'infirmière. Mais on l'a transportée sous la pluie ?

— Non, il n'y a que cinq ou six enjambées de la porte de derrière jusqu'à la chambre mortuaire. »

Cette chambre mortuaire — exactement comme l'avait dit l'assistant Irié — était une belle bâtisse en béton, faite pour « décorer la mort ».

Après avoir installé le corps sur un petit autel surélevé, les infirmières sortirent leur mouchoir pour le mettre à la place du linge mouillé sur le visage de Chiyoko. Puis, l'une à côté de l'autre, elles joignirent les mains en s'agenouillant respectueusement. Leur jupe blanche était étalée sur le sol en ciment. Elles avaient des gestes empreints de dignité, comme des religieuses vêtues de blanc.

« Nous allons décorer avec cela, dirent-elles en apportant près de l'autel des couronnes de fleurs artificielles qu'elles avaient trouvées dans un coin de la pièce.

— Quelle poussière ! » ajouta l'une d'elles en époussetant les fleurs blanches à l'aide de son mouchoir.

« Les fleurs avaient été abandonnées là par le mort précédent, me dit Shimpachi tout en poursuivant son récit, mais peut-être que ces infirmières, le lendemain, recueilleraient le sang de Chiyoko dans un récipient métallique pour aller le jeter derrière la salle de dissection. L'ange de la religion se retrouve le lendemain matin être l'ange de la science... Ce n'est pas de l'ironie, tu sais. Parce qu'elles ont prié pour le repos de l'âme de la morte, avec des yeux rougis. Mais qu'est-ce que cela change pour le mort ? »

Shimpachi attendait ma réponse en riant froidement. Je me taisais.

« Pourquoi faut-il qu'à l'instant de la mort les vivants s'inclinent devant le corps ? Dès demain, ce cadavre devenu matière scientifique serait découpé par de nombreux étudiants en médecine. Le cadavre ne sait rien de ce que font les vivants. »

Pour ceux qui veillaient le mort, il y avait une pièce au sol de tatamis qui faisait face à l'autel. Assis en bordure de cette pièce, Shimpachi observait fixement le recueillement des infirmières et, quand celles-ci se retournèrent, il se leva précipitamment pour les saluer.

« Voulez-vous que j'aille acheter des fleurs ou de l'encens ? proposa celle des deux qui n'était pas maquillée.

— Et pour le décor... Je vais préparer des petits pâtés ou quelque chose dans ce genre, ajouta l'autre infirmière.

— Cela, je m'en charge.

— Tenez, le parapluie... Emportez-le, on ne sait jamais. »

XVII

Comme il était nécessaire de faire la déclaration ce jour-là, Shimpachi prit une voiture à la sortie de l'hôpital.

« Passez le plus vite possible par la police et la mairie...

Ensuite, vous connaissez peut-être un magasin qui vend de l'encens et des fleurs dans le quartier ?

— Ah, vous voulez une entreprise de pompes funèbres. A laquelle voulez-vous aller ?

— Pas là où on se charge des funérailles.

— Ah ! Mais chez nous aussi nous nous occupons d'obsèques. »

C'était le chauffeur d'une entreprise de louage de voitures qui se trouvait juste en face de l'entrée principale de l'hôpital. Il n'y avait qu'à traverser la voie ferrée. Il y avait écrit à l'entrée du garage :

« Pour les funérailles, veuillez passer par la porte de derrière. »

L'entrée de derrière était sale et on y pratiquait l'organisation d'obsèques à l'écart des regards indiscrets.

« Ils m'ont dit qu'ils feraient la déclaration de décès à ma place ; ils allaient au moins faire quelque chose d'utile pour m'éviter cette besogne fastidieuse », me dit Shimpachi tout en poursuivant son récit.

Le patron de l'entreprise était arrivé avec un vieux parapluie déchiré, porteur seulement d'une boîte d'allumettes, de deux ou trois rouleaux d'encens, d'une petite bougie, et de maigres gâteaux secs enveloppés dans du papier de riz, mais il arrangea tout cela avec une dextérité digne d'un pauvre moine bouddhiste.

« Est-ce que cela ira pour les offrandes ?

— Dites, vous pourriez au moins apporter une pyramide de petits pâtés. Parce que là, on ne voit pas du tout où sont les gâteaux.

— Mais, monsieur, cela vient après. Et si vous le désirez, nous pouvons aussi nous charger de ce que vous mangerez pendant la veillée funèbre. Combien de personnes...

— Je suis tout seul, vous savez.

— Ah bon ? Vous allez être triste ? » Il ne semblait pourtant pas surpris le moins du monde. « Alors je vous tiendrai compagnie un petit moment. Puisqu'en ce moment il nous manque des gens.

— Quoi, il vous manque des gens ?

— En fait, nous nous chargeons aussi de fournir des assistants pour la veillée funèbre.

— C'est un métier qui existe ?

— Oui, une personne coûte trois yens. C'est un peu cher, mais ils doivent dormir le lendemain. Pour une femme, c'est deux yens cinquante. Et vous ajoutez cinquante sous pour leur repas.

— Ils peuvent venir tout de suite ?

— Oui, et dans ce cas vous pouvez rentrer chez vous. Nous la veillons et nous nous chargeons d'elle. »

« Et si je lui avais demandé de faire venir une femme jeune et jolie, me dit Shimpachi tout en poursuivant son récit, il aurait sans doute accepté. Même moi, je fus stupéfait. Quel monde pratique où l'on trouve des gens pour les veillées funèbres ! »

Affrontant une fois de plus le vent glacé, Shimpachi s'était rendu au service de gynécologie. L'assistant Irié était en train de coller à la paraffine sur une plaque de verre une membrane colorée, tout en buvant du saké froid.

« Attends un instant. Je suis en train de préparer le cours de demain », et, sortant une grosse bouteille de dessous la table, il lui versa un verre de saké froid. « Tu ne veux pas jeter un coup d'œil à ce microscope ? Ça, c'est une vraie jeune fille... Et cela, une femme qui a passé la ménopause. Tu peux faire la comparaison.

— Elles ont toutes les deux de jolis dessins.

— Parce qu'elles sont colorées. On les teinte pour bien distinguer leur structure.

— J'espère que la jeune fille n'est pas Yukiko ?

— Ah, ta fiancée, celle dont les cendres ont été changées ?

— Tu as aussi découpé Chiyoko en lamelles encore plus fines que du papier, teintées avant de les coller sur du verre ?

— Bois ! Les noms propres n'existent plus sous l'œil du microscope. »

Des pleurs féroces de bébé transpercèrent la nuit. Shimpachi leva involontairement la tête, frappé par la chaleur qui en émanait, comme si une source d'eau chaude avait jailli de son ventre.

« L'accouchement s'est bien passé. La femme a souffert pendant huit heures. Je vais y jeter un coup d'œil. Excuse-moi », dit Irié, et quand il avait ouvert la porte, Shimpachi avait entendu les bruits d'eau du premier bain du bébé.

Shimpachi regardait encore intensément dans le microscope. Sous la forte lampe, la claire membrane colorée ressemblait au plafond de vitres teintées d'un vaste lieu de plaisir.

« Euh... », l'infirmière pas maquillée de tout à l'heure, passait la tête à travers l'entrebâillement de la porte, « j'avais l'intention de veiller à votre place pendant que vous prendriez un peu de repos.

— Il n'en est pas question. Et puis, vous auriez peur toute seule.

— C'est moi qui m'occupais d'elle. En réalité, je devrais l'accompagner jusqu'au cimetière. Mais comme j'ai d'autres patients j'ai demandé à une amie de s'en occuper. »

Chiyoko était morte dans la salle de soins de l'hôpital.

« Non, je suis réveillé, et en plus, j'ai demandé à quelqu'un de s'en occuper », n'avait pu s'empêcher de lui répondre Shimpachi avant de se redresser et de s'en aller.

Le long couloir dormait. La lumière était faible, c'était une nuit d'hiver. La jeune accouchée et son bébé sortirent de la salle d'accouchement, allongés sur un petit chariot. L'accouchée, fatiguée, fermait paisiblement les yeux. Shimpachi les dépassa rapidement.

« Je me dépêchai d'aller à la chambre mortuaire, me dit Shimpachi tout en poursuivant son récit, je voulais contempler encore une fois le visage de Chiyoko pour voir si elle dormait pleinement et calmement, comme cette jeune accouchée. »

XVIII

Quand Shimpachi eut ouvert la porte de la chambre mortuaire, les deux veilleurs se redressèrent comme s'il les avait tirés à lui. La femme arrangea ses cheveux tirés en arrière et tira sur ses genoux son tablier bleu marine. Ensuite, elle tenta de cacher ses vieux tabis trempés d'eau boueuse. Bien sûr, ils étaient tous deux vêtus d'habits ordinaires en coton, tout tachés. L'homme ne portait même pas de veste. Il était assis au bord de la pièce au sol de tatamis, les bras croisés sur ses genoux et les pieds exposés à la chaleur du brasero.

« Vous pouvez être tranquille puisque nous sommes deux, allez vous reposer.

— Oui, vous devez être fatigué », dit la femme au visage rouge, en riant d'un air indéfinissable.

Shimpachi monta en silence sur les tatamis et entrebâilla légèrement la fenêtre vitrée.

« C'était une petite pièce bien close. L'odeur de la mort qui était imprégnée dans les murs et dans le sol semblait flotter alentour, réchauffée par le feu de charbon, me dit Shimpachi tout en poursuivant son récit, je croyais que les gens qui veillaient auraient au moins revêtu un kimono bien repassé, mais ils étaient comme des crève-la-faim ou des vagabonds. »

Ils avaient l'air de se sentir gênés, comme si la présence de Shimpachi leur faisait l'effet de se trouver devant une race humaine différente. On leur avait pourtant donné de l'argent en plus pour leur dîner, mais ils n'avaient qu'un paquet de galettes de riz. Ils semblaient gênés dans leurs mots pour s'adresser à un homme aussi honorable que Shimpachi. Si celui-ci n'avait pas été là, ils se seraient sans doute étendus, plus à l'aise. Shimpachi sentit qu'il n'y avait pas pour lui la place de s'asseoir.

« Telle une princesse emmenée dans une cabane... Mais grâce à eux, le cadavre de Chiyoko m'apparut encore plus beau », me dit Shimpachi tout en poursuivant son récit.

Elle dormait sur un mince matelas posé sur un socle en ciment. Elle n'avait pas besoin de cercueil, car son corps avait été donné à l'hôpital. Les vitres de la fenêtre qui éclairait le plafond au-dessus de l'autel étaient indigo. Et la lumière électrique qui les traversait était pâle comme l'intérieur de l'eau d'un lac. Les trois côtés de l'autel étaient en verre dépoli. Les branches des arbres, mouillées par la pluie, y apparaissaient par intermittence.

Shimpachi vit soudain apparaître un visage tout blanc dans l'entrebâillement de la fenêtre, ce qui provoqua en lui un mouvement de recul, mais :

« Me voici enfin ! »

Et ce rire perçant se répercuta si fort, l'écho en fut si brillant, qu'il en fut pétrifié. C'était le rire qu'il avait entendu auparavant au crématorium.

« Je suis complètement trempée ! »

Takako passait la tête par l'entrebâillement de la fenêtre, une main toute rouge posée sur sa gorge, comme pour la réchauffer, tandis qu'elle lui faisait un petit signe à l'ombre de son menton.

« Qui sont ces gens, des parents ?

— Des employés pour la veillée.

— Des employés ? »

Et elle repartit d'un grand rire épanoui. Ensuite elle fit le tour par l'entrée et, se plantant devant les employés, leur dit tout à trac :

« Vous pouvez rentrer chez vous.

— Oui.

— Si vous n'avez pas encore reçu votre argent, il vaut mieux que vous le preniez.

— Nous sommes payés par l'entreprise des pompes funèbres.

— Je veillerai à ce que vous soyez payés.

— Mais si on rentre maintenant...

— Plus la veillée est gaie, mieux c'est, vous savez. » La femme elle aussi tenait tête, d'un air tout à fait sérieux.

« Alors, reposez-vous dans l'autre pièce. Si je me sens fatiguée, je vous demanderai de prendre ma place. En attendant, vous pouvez dormir, vous savez.

— Bon, alors, faisons comme ça », dit l'homme, poussé par le ton tranchant de Takako, avant de s'en aller en invitant craintivement la femme à le suivre.

« Moi aussi j'ai été surpris qu'elle leur dise d'aller se reposer dans la pièce d'en face, me dit Shimpachi tout en poursuivant son récit, il y avait une autre chambre mortuaire de l'autre côté du couloir en ciment. C'était tout noir, tu sais. C'était vide et glacé... Cette pièce m'effrayait depuis la tombée de la nuit. Peut-être qu'une chambre mortuaire est plus accueillante quand il y a un mort à l'intérieur. »

Les employés de la veillée s'en étaient allés dormir dans cette chambre.

Takako attrapa le sac en papier qui contenait les galettes de riz, monta sur les tatamis et les jeta par la fenêtre en prononçant une injure.

« Allons bon, mes pieds sont tout boueux ! »

Elle regarda autour d'elle, redescendit précipitamment et se mit à essuyer ses pieds avec un linge blanc jeté dans un coin de l'autel.

« Pas cela, c'est le tissu qu'on a posé sur le visage de la morte !

— Ah bon ! Mais ça ne me gêne pas ! »

Et, après s'être agenouillée devant l'autel pour se recueillir, elle remonta sur les tatamis en disant :

« J'ai enfin la conscience tranquille !

« Tout à l'heure, ils étaient en train de s'embrasser, je les ai vus. Et je me suis précipitée chez vous. Ils auraient pris le matelas de la morte pour dormir, vous savez. Et s'il n'y avait eu que des hommes, ils auraient été capables de faire quelque chose d'encore plus terrible.

— Comment as-tu su qu'elle était morte aujourd'hui ?

— Je vous ai bien dit que j'arrivais enfin », dit Takako qui avait enlevé sa veste mouillée, défait ses coques dégoulinantes d'eau en secouant violemment la tête, et lissait à deux mains ses cheveux en désordre, « je ne sais pas où j'ai laissé mon parapluie. Aujourd'hui, je me suis enfuie après m'être joliment maquillée... Dites, est-ce que je peux regarder une bonne fois le visage de Chiyoko ?

— Bien sûr. »

Elle n'avait qu'une légère couverture de mousseline passée. Takako posa la main droite sur la poitrine de la morte et, tout en enlevant de la main gauche le mouchoir qui était posé sur son visage, dit :

« Les morts sont froids, n'est-ce pas ? »

« Je me suis soudain rappelé Yukiko, tu sais. Alors, c'était la première fois que je faisais la connaissance du front glacé d'un mort, la première fois que je prenais une femme dans mes bras, et c'était un cadavre, me dit Shimpachi tout en poursuivant son récit. Takako, toujours penchée au-dessus du cadavre, n'arrivait pas à s'en détacher. Sa silhouette ressemblait à celle d'un vampire, avec ses cheveux en désordre éclairés par la lumière glauque et bleue, mais quand je l'ai vue ainsi, curieusement, mes sentiments se sont enflammés. »

La voix de Takako était étonnamment joyeuse :

« Elle a vraiment un beau visage. Vous m'avez demandé, quand elle était mourante à l'hôpital, de me souvenir d'elle toute ma vie. »

Takako se leva soudain et marcha dans sa direction, le visage blême :

« J'ai froid. Je vais pleurer. Je tremble. Prenez-moi dans vos bras. »

Shimpachi fut surpris par la froideur de ses cheveux.

« Allons bon, me voici encore avec le linge qui était sur

son visage », lui dit-elle, et effectivement, une odeur de parfum flottait près de sa joue. C'était le mouchoir de l'infirmière.

« Le parfum de la morte était-il là pour nous entourer de ses vœux ? » me dit Shimpachi tout en poursuivant son récit.

Takako agitait le mouchoir comme un drapeau blanc.

« Vous avez toujours été assez cruel avec les femmes, n'est-ce pas ?

— Est-ce parce que la première femme que j'ai prise dans mes bras était un cadavre ?

— Ce n'est pas grave. Depuis ma petite enfance, j'ai toujours été traitée avec pas mal de cruauté... Là-bas, la morte avec son beau visage de déesse nous fait fête... Chiyoko, pardonne-nous. »

Shimpachi avait repris le mouchoir des mains de Takako pour aller cacher le visage de Chiyoko.

On entendait les ronflements des employés pour la veillée à travers le vacarme de la pluie glacée. Ces ronflements, ainsi que la présence du cadavre, jouaient un rôle dans l'embrasement de leur flamme.

XIX

Les noces du cadavre... S'était-il souvenu de la passion de cette nuit-là ? Le front d'Asagi Shimpachi s'était teinté pour la première fois d'une couleur pleine de vie... Son histoire était terminée.

Lui et moi, tout en habitant à proximité depuis plus d'un an, n'avions jamais pris le temps d'échanger quelques mots, mais nos deux femmes s'entendaient bien. La Takako de cette histoire est l'actuelle femme de Shimpachi.

Eh bien, je pense que vous comprenez, après cette histoire, pourquoi j'en suis venu à rendre visite à Shimpachi pour une mystérieuse affaire. Un ami du nom de Kashiyama, qui est devenu professeur d'une toute nouvelle école de médecine, m'a fait cette demande :

« Il paraît qu'il y a près de chez toi un curieux homme qui vient au secours des pauvres gens et qui s'appelle Asagi Shimpachi. On dit qu'il incite à faire don à la Faculté de médecine des cadavres auxquels on ne peut pas faire de funérailles, faute de moyens. Comme mon école est nouvelle, nous manquons de cadavres à disséquer, et j'aimerais bien que tu lui demandes de nous en présenter quelques-uns. »

Une page folle

Cette nouvelle est parue le 1er juillet 1926, dans la revue Eiga Jidaï (Les Temps du cinéma).

Elle est dédiée aux cinéastes MM. Kinugasa, Inuzuka et Sawada, à qui l'auteur dit devoir beaucoup.

En 1926, Kawabata prend une part active à l'évolution esthétique et littéraire du Japon, s'intéresse à toute nouvelle forme d'expression, et participe à la fondation d'une association cinématographique de l'école des « sensations nouvelles ». Il écrit pour ce groupe de cinéastes d'avant-garde le scénario de Une page folle (Kurutta ippêji), *dont le réalisateur Kinugasa Teinosuké fait un film sans paroles composé de plans en fondu enchaîné, utilisant ainsi une technique photographique ultramoderne pour l'époque.*

Le tournage a commencé en mai 1926, et la première projection a eu lieu le 24 septembre 1926, au théâtre Musashino de Shinjuku. En 1975 et 1976, ce film a été projeté à nouveau deux fois dans la salle Iwanami à Tōkyō, et récemment, en 1987, au Centre Pompidou.

Composition littéraire destinée à l'Association des cinéastes appartenant au groupe des « sensations nouvelles ».

La nuit. Le toit d'un hôpital psychiatrique.
Un paratonnerre. Il pleut à verse. Des éclairs.

Sur une scène illuminée, une splendide danseuse est en train d'évoluer.
Sur le devant de la scène apparaît une rangée de barreaux en fer.
C'est une cellule.
Soudain, la scène illuminée se transforme en asile psychiatrique.
Le tutu de la danseuse se change en camisole d'aliéné.

La danseuse danse comme une folle.

Silhouette du fou A dans la salle n° 1.
Silhouette du fou B dans la salle n° 2.
Silhouette du fou C dans la salle n° 3.

Les jambes de la danseuse en train de danser.

Une infirmière passe le long du couloir de l'hôpital.

Elle s'arrête devant l'une des cellules et jette un coup d'œil furtif.

A l'intérieur, la silhouette d'une femme mariée aliénée.

L'infirmière s'éloigne.

Silhouette de la femme aliénée.

Une pièce bien éclairée de style occidental.

Une pendule qui marque huit heures.

Une jeune fille vêtue d'un imperméable en caoutchouc se tient debout, de dos.

Un jeune homme est en train de griffonner à une table. Il tourne la tête et regarde la jeune fille.

Celle-ci va ouvrir la fenêtre qui donne sur un balcon, et regarde dehors.

Pluie. Éclairs.

Le jeune homme s'approche de la fille et semble lui dire : « Ne pars pas... »

Sur la table, les feuilles de papier brouillon sont dispersées par le vent.

Le jeune homme les ramasse et les assemble.

La jeune fille le regarde et rit.

Le jeune homme s'en irrite, et, soudain, lui jette un écrin noir.

La jeune fille le ramasse et l'ouvre.

C'est une bague de fiançailles.

Son visage se trouble. Elle pense à sa mère qui est folle.

Derrière les barreaux de l'asile, la mère malade.

La jeune fille hésite un peu, puis s'avance vers le jeune homme.

Il pleut sur le balcon. La porte se ferme de l'intérieur.

Derrière les barreaux, la danseuse danse à perdre haleine.

Dehors, il pleut.

La danseuse.

Le fracas des éclairs est amplifié par la vision de la pluie et le bruit de la musique.

Fondu enchaîné où l'image de la pluie qui tombe s'efface devant celle des éclairs qui sillonnent le ciel comme les signes d'une partition musicale.

La danseuse.

Le son du tambour, mêlé aux autres instruments de musique, résonne sous la pluie.

La danseuse, lasse, s'effondre tout à coup.

Le sang afflue au bout de ses pieds.

Les instruments de musique sous la pluie.

La danseuse abattue prête l'oreille, se lève et recommence à danser.

Le plancher est taché de sang.

Le long couloir de l'hôpital.

L'ombre d'un employé apparaît.

Il se tient devant la cellule de la danseuse, puis s'avance discrètement jusqu'à la cellule de la femme mariée.

Comme elle est folle, elle ne se rend pas compte que son époux est là.

L'employé l'appelle par son nom.

La femme, silencieuse, tend la main.

L'employé s'approche.

Elle s'amuse à lui arracher un bouton de son vêtement et à le lui mettre dans la main.

L'employé la regarde.

Un surveillant passe dans le couloir.

L'employé, craignant ce bruit de pas, se cache.

La femme joue avec le bouton.
L'employé sort à nouveau la tête.
La femme se retourne et s'endort.

La pluie est projetée et tape contre les carreaux.

Le bouton roule sur le plancher.
L'image de l'eau sombre d'un étang apparaît.
Sur le visage de l'employé, l'ombre d'un souvenir lointain.
L'étang, dans l'obscurité. Un bébé. C'est l'époque où l'employé était batelier. Il cherche quelque chose au bord de l'étang.
Sa femme veut se jeter à l'eau ; sa fille la retient.
Le bébé lui glisse des mains et tombe dans le lac.

Le visage douloureux de l'employé.

Deux ou trois scènes du temps où il était batelier. Sa violence à l'égard de sa femme. La ville et le port où il avait vagabondé après l'avoir abandonnée.

La longue route. La porte de l'asile. L'employé marche et arrive à l'entrée.
Il est secoué de tremblements lorsque ce souvenir lui revient à la mémoire.

Un chat, trempé par la pluie, entre d'un bond par la fenêtre et file le long du couloir.

Le matin. La lumière du soleil pénètre par la fenêtre et inonde le couloir où passe une infirmière, l'air affairé.

Un chien court à toute allure dans le grand jardin.
L'enfant du portier l'appelle.

Le chien bondit et suit l'enfant.

L'enfant et le chien courent ensemble à toute allure dans le jardin.
L'enfant tombe et pleure.
L'employé s'en aperçoit et se précipite.

La jeune fille ouvre la porte de la pièce de style occidental et sort.
Elle descend l'escalier, se retourne, puis s'éloigne en regardant droit devant elle.

La cellule de la danseuse.
La danseuse est appuyée contre le mur qu'elle frappe légèrement de la tête.

A côté, la cellule de l'épouse. Elle dort. Quand elle perçoit les coups contre le mur, elle lève la tête et regarde dans cette direction.

Le mur de la chambre de la danseuse.
Une photo d'elle sur une scène éblouissante y est collée.
Elle est déchirée.
La danseuse se lève et se dirige vers la photo.

L'employé ouvre bruyamment la fenêtre du couloir La porte de l'hôpital, fermée à clé.
La jeune fille arrive. Elle prend la poignée de la porte et regarde à l'intérieur comme si elle voulait dire quelque chose.
Elle est sur le point de s'en aller.
Le portier lui ouvre. Il cherche à savoir ce qu'elle veut.
La jeune fille change d'avis et entre.

L'enfant du portier la suit.

Le bureau d'accueil de l'hôpital.
La jeune fille demande la permission de rendre visite à sa mère.

On la lui refuse.

L'enfant du portier qui se trouve juste à côté lui demande quel est le numéro de cette personne malade.

La chambre 25.

L'employé se tient devant la porte.

La réceptionniste accorde le droit de visite à contrecœur.

La jeune fille suit l'enfant.

L'enfant se précipite vers l'employé, dans le couloir, et lui fait savoir qu'il y a une visite pour la patiente du 25.

L'employé se demande qui c'est.

La jeune fille et l'employé se regardent surpris.

La jeune fille, inconsciemment, laisse échapper ces mots : « Ah !... Père !... » (Aussitôt, elle se demande comment son père a pu devenir employé dans cet hôpital.)

Elle le regarde avec hostilité, et se dirige vers la chambre de sa mère.

L'employé tente de l'en empêcher. Il ne veut pas que sa fille voie la douloureuse silhouette de sa femme folle.

La fille essaye d'éviter son père et s'avance vers la chambre.

La silhouette de la mère malade.

La fille s'approche discrètement des barreaux de la cellule et dit à sa mère qu'elle a pris la décision de se marier.

La mère semble ne pas comprendre.

L'employé, entendant le mot de « mariage », souffre de voir que sa fille ne lui en a rien dit.

L'employé est heureux de poser la main sur l'épaule de la jeune fille. On a l'impression qu'il voudrait dire quelque chose, mais elle se dégage, l'air méprisant, et s'en va, le visage en larmes.

La jeune fille sort en passant par le bureau de réception.
L'employé l'accompagne.

La jeune fille va dans le jardin où se trouve l'enfant du portier.
Elle semble lui demander quelque chose.
Ils marchent côte à côte.

L'employé se tient immobile, debout, près de la réception.
Il regarde du côté du jardin.

Le couloir de l'hôpital où passent le médecin, l'assistant, la surveillante, les infirmières.

Consultations du matin.
Consultationdu malade A,
du malade B,
du malade C.

De nombreux patients sortent des salles dans le couloir.
Ils sont autorisés à faire la promenade matinale.

Plusieurs femmes, également.

La cellule de la femme mariée.
Le médecin l'examine.
L'employé se tient à l'entrée et lui demande comment elle va.
Le médecin tourne la tête sans faire attention à lui (les gens de l'hôpital ne savent pas qu'elle est l'épouse de l'employé).
L'employé s'en va.

La femme est autorisée à se promener.
Avant de quitter sa cellule, elle essaye de planter dans sa

tête, comme une épingle à cheveux, le bouton qu'elle a arraché la veille.
Le bouton tombe et roule sur le sol.

Les infirmières la regardent et rient.

La femme fait semblant de se farder comme s'il y avait un miroir accroché au mur.
On voit le miroir apparaître sur le mur.
La silhouette d'une très belle femme s'y reflète.
La femme quitte la cellule.

La cellule de la danseuse qui danse comme une folle.
Elle est si excitée que la promenade lui a été interdite.

La femme longe le couloir avec d'autres malades.

L'employé nettoie la pelouse du jardin.

De nombreux malades sortent dans le jardin.

La femme assise regarde le ciel.

La jeune fille et l'enfant sont assis sur un des bancs de la pelouse.
Elle demande à l'enfant des renseignements sur son père.
L'enfant répond. Il a l'air de s'ennuyer.

Les malades passent devant elle.

L'enfant prend peur et disparaît.
La jeune fille, mal à son aise, se lève.

L'employé nettoie la pelouse.
L'enfant court vers lui, et lui demande si la malade du 25 est bien sa femme.
L'employé nie avec force.

L'enfant tend alors le doigt en direction du banc.

La jeune fille traverse la pelouse.

L'employé se dirige vers elle.

Il l'appelle. Elle s'arrête net.
L'employé s'approche.
La fille ne veut pas le voir et tourne la tête.
L'employé a les larmes aux yeux.
Il lui demande pardon.
La jeune fille se mord les lèvres.
Il lui demande si elle va se marier.
Elle hoche la tête.
Ils font quelques pas ensemble, en silence.

Les malades se reposent sur la pelouse.
Un fou, excité, se lève et fait semblant de prêcher.
Les autres applaudissent.
Le surveillant va chercher le malade excité et le force à quitter le groupe.
La femme, assise parmi eux, contemple calmement le ciel qui offre un magnifique spectacle.

Elle contemple le ciel.
L'employé et sa fille marchent juste derrière elle.
La jeune fille est en larmes.
L'employé est obsédé par le sentiment qu'il a de sa culpabilité.

La femme lève les bras au ciel.

Un malade aperçoit la jolie jeune fille et court vers elle.
La jeune fille, au premier coup d'œil, s'enfuit.
L'employé attrape le malade et le retient.
Le surveillant vient à la rescousse.

La jeune fille file comme une flèche et sort de l'hôpital.

L'éblouissant spectacle du ciel se ternit.

La porte. Le concierge se précipite derrière la fille qui est sortie, pour l'accompagner.

La cellule de la danseuse qui danse de façon désordonnée sur un rythme effréné.

Une malade revient de la promenade et s'approche des barreaux de la cellule de la danseuse.

Elle regarde ces piétinements fous.

Elle applaudit.

Danse.

Au bruit des applaudissements, de nombreux malades accourent.
Les surveillants et les infirmiers veulent les disperser, mais ils restent immobiles.
Les fous, debout, en désordre, regardent danser.

Le malade A regarde la danse.

La danse vue par le fou A.

Le malade B regarde la danse.

La danse vue par le fou B.

Idem pour le malade C.

La danse vue par le fou C.

Le groupe des malades hommes se précipite en entendant le vacarme.

La danse.

Hommes et femmes se tiennent tout agités devant la cellule de la danseuse.
Le surveillant et l'infirmière en éloignent quelques-uns d'entre eux.

Le médecin et plusieurs autres personnes de l'hôpital accourent à la rescousse.
L'employé est parmi eux.
Ils dispersent l'un après l'autre les malades agités. Un, puis deux, trois et quatre...
L'un d'entre eux fait des moulinets avec sa main et frappe la femme de l'employé qui se trouve juste à côté.
Elle tombe à la renverse.
L'employé en colère frappe le fou.
Celui-ci se retourne, l'attrape et l'immobilise.
Les malades, excités, forment un cercle autour d'eux. Le médecin les sépare.
L'employé incline la tête plusieurs fois devant le médecin et s'excuse.
Le docteur est très en colère.

La femme est là, par terre, et regarde la scène comme si tout cela ne la concernait pas. Elle retourne tranquillement à sa cellule.

Le médecin, en colère, éconduit l'employé.
Le visage inexpressif de la femme.

Le bureau du médecin qui est en train de gronder l'employé. Celui-ci sort de la pièce sans mot dire.

La silhouette de sa femme folle lui revient à la mémoire.

L'employé réfléchit un moment, revient et supplie le docteur.

Le guichet d'une gare.
La jeune fille achète son billet ; elle a l'air pressé.

Le train part.

Un misérable vieillard, près de là, ramasse un sou.

Une chambre à l'occidentale, bien éclairée.
Un jeune homme feuillette les pages d'une revue.
Il semble attendre quelqu'un.
Une servante conduit la jeune fille à la chambre, puis le jeune homme et la jeune fille s'en vont rapidement.

La femme dans sa cellule.
La danseuse dans la sienne. Elle a les pieds et les mains liés.

Dans sa chambre, l'employé, allongé, est plongé dans ses pensées.

Dans le jardin de l'hôpital, les silhouettes de l'employé et de la jeune fille qui se mord les lèvres.
L'employé pense au mariage de sa fille.
La porte d'entrée s'ouvre tout à coup. L'enfant du portier passe la tête, crie qu'il y a quelque chose d'intéressant dehors et file à nouveau.
L'employé se lève et regarde dehors.

La fanfare d'une agence de publicité passe près de l'hôpital.
Vaste braderie. Banderoles annonçant une grande tombola.

L'employé regarde.

Les trompettes de la fanfare. Banderoles annonçant une

grande tombola. Des affichettes publicitaires jonchent la route.

(En un instant, il fait nuit.)

Vue de l'estrade où a lieu la tombola, le soir. Des lampions, des banderoles, des montagnes de lots et objets divers. La foule.

Des gens avec des cadeaux plein les bras vont en ordre, chacun à leur tour, tirer un billet de tombola. Ici et là, des jeunes filles parées d'une coiffure à coques distribuent des lots. Ce ne sont que de petits cadeaux sans valeur.

Il donne à la jeune fille de la loterie des gâteaux ronds qu'il a reçus en lot.

La jeune fille ouvre le paquet, regarde à l'intérieur, s'étonne et montre son visage souriant.

Elle crie : « Voici le gros lot... le gros lot... »

Tous les employés s'assemblent.

Une jeune fille agite une cloche.

La foule, curieuse, s'approche.

Un jeune homme fait descendre un coffre, premier gros lot.

Une jeune fille remet à l'employé un tutu de danseuse sur lequel est collée une étiquette : deuxième gros lot.

L'employé est ravi.

Les responsables de la loterie, tous ensemble, aident l'employé à charger le coffre.

Bousculé par la foule, il s'éloigne à pied, sur la route, le coffre sur le dos.

Sa fille arrive de l'autre côté, l'air heureux, et se précipite vers son père.

La cellule de la danseuse. Elle est contente de pouvoir danser dans le tutu gagné comme deuxième gros lot.

La fenêtre de la chambre de l'employé.

Un tableau. Il vient de sortir de sa rêverie et va fermer la fenêtre en souriant.

La cellule de la danseuse.

Elle gigote, pieds et mains liés comme avant.

Un commis de cuisine et l'employé arrivent dans le couloir avec les repas des malades.

Ceux-ci, flairant l'odeur, sortent en désordre des salles pour jeter un coup d'œil.

Dans un élégant magasin de meubles, un jeune homme et une jeune fille cherchent à acheter une belle commode.

Dans la cellule, la femme prend tranquillement son repas.

L'employé regarde autour de lui, s'approche à pas feutrés et sort de sa poche deux boulettes de riz enrobées dans des feuilles de chêne. La femme les prend, d'un geste brusque, pose son plateau et commence à les manger.

L'employé regarde attentivement autour de lui.

Deux ou trois malades mangent dans les autres cellules.

Dans le couloir, le préposé aux repas appelle l'employé. Celui-ci quitte la chambre de sa femme et met, d'un air las, la vaisselle sale dans un panier.

La cuisine de l'hôpital. Le plongeur lave la vaisselle. Son visage est parfaitement inexpressif.

L'eau tombe goutte à goutte du robinet.

L'employé ouvre la porte et entre. Il se décharge du panier à vaisselle.

Un bol tombe.
Le bol en morceaux.
L'employé le regarde, l'air sombre.
Le plongeur continue de laver les bols, l'air inexpressif.

La porte d'entrée de l'hôpital. Un ami du jeune homme demande quelque chose au portier et s'en va.

Une pièce bien éclairée, de style occidental.
L'air sombre du jeune homme à qui son ami demande si la mère de sa fiancée est folle.
Le jeune homme est assis à une table, le regard fixe.
L'ami arpente la chambre, puis, juste au moment où il s'apprête à allumer une cigarette, il regarde sur le balcon.
La jeune fille écoute, assise sur un banc.

L'ami, l'ayant aperçue, s'en va, l'air gêné.
La jeune fille se tient debout de l'autre côté de la porte-fenêtre.
Le jeune homme va vers elle, l'air serein.
Elle est triste et prostrée.
La voyant ainsi, son visage s'assombrit légèrement.
Elle sort de la pièce, sans mot dire.
L'employé est allongé dans sa chambre, fatigué et abattu.

Les enfants jouent près du mur de l'hôpital.
L'enfant du portier va les rejoindre.
Il les amuse en singeant les fous.
Les enfants le trouvent très drôle.

L'employé les regarde de la fenêtre de sa chambre.

Les enfants flattent le fils du portier.
Il imite le fou B.
Les enfants veulent le faire continuer, mais le garçon refuse.

Ils le menacent.
Le fils du portier singe la femme de l'employé.

Visage de l'employé à sa fenêtre.

Les enfants ont beau menacer le garçon, celui-ci ne veut plus continuer à imiter les fous.

Les enfants le malmènent et le font pleurer.

La chambre de l'employé qui est à nouveau allongé, prostré.

La porte s'ouvre doucement. Derrière, quelqu'un hésite.
L'employé se retourne.
Sa fille entre en disant : « Père ! »
L'employé la regarde.
La jeune fille, au bord des larmes, s'approche doucement, et s'assied, toute troublée. L'employé veut lui demander la cause de son chagrin.
La jeune fille penche la tête en silence. Elle voudrait savoir pourquoi sa mère a été si malheureuse dans sa jeunesse.

La bague de fiançailles de sa fille se reflète dans les yeux de l'employé.
La jeune fille pleure en disant qu'elle ne peut pas se marier.

L'employé lui dit qu'elle devrait se décider.
Quand elle entend le mot « décider », elle semble soudain contrariée et sort.
L'employé l'accompagne.

Le bol cassé.
L'employé s'assied en silence. Il souffre en pensant au malheur de sa fille.

Il allume la lumière.

Le couloir, en pleine nuit.
L'employé jette un coup d'œil circulaire et s'approche de la chambre de sa femme.
La femme s'éveille, au bruit.
L'employé ouvre la porte de la cellule avec une clé qu'il a volée, et entre.
Il presse sa femme et sort avec elle dans le couloir.

Un fou rit bruyamment.

L'employé lui fait : « Chut !... »

Deux ou trois fous rient à haute voix.

L'employé emporte sa femme dans ses bras et s'enfuit le long du couloir comme un diable.

La porte de sortie du couloir.
L'employé l'ouvre et veut faire sortir sa femme.
Voyant devant elle la profondeur obscure, elle fait un pas en arrière, effrayée.
L'employé veut la faire sortir, malgré elle.
La femme, craignant le noir, résiste de toutes ses forces.

Dans l'obscurité, elle revoit un lac au milieu d'un bois sombre.

La femme s'agite comme si elle voulait l'éviter.

Un chien aboie dans le lointain.

La femme tombe de tout son long.
L'employé, effrayé, pose sa main sur la poitrine de sa femme.

Les palpitations du cœur sont terribles. Il lui met la main sur le front. Elle a de la fièvre.
Il court chercher de l'eau. Il laisse sa femme.
Toute seule, elle se relève et retourne à sa chambre.
L'employé apporte l'eau. Sa femme n'est plus là. Il la cherche alentour.
Puis il court vers la chambre.

Elle est assise là, inconsciente.
L'employé arrive. Il lui demande instamment de sortir, pour le bien de leur fille.

Le couloir. Le bruit des pas du surveillant.

L'employé file en hâte le long du couloir, et laisse tomber sa clé.

La clé tombée dans le couloir.

L'employé la ramasse et la regarde d'un air perplexe. Il n'y a personne.

L'employé est retourné en vitesse à sa chambre. Il se laisse choir.
En colère après sa fille, il se met à délirer.
Il croit entendre une voix lui murmurer à l'oreille avec insistance qu'il doit fuir au loin avec sa femme pour que sa fille puisse se marier et être heureuse. Comme il a fait tomber la clé, il pense qu'à partir du lendemain, il ne pourra plus être aux côtés de sa femme.
L'employé a une expression maladive et troublée.

Il ouvre doucement, sans faire de bruit, la porte à barreaux de la cellule.

Il fait sortir sa femme de la pièce.

Il se retourne et aperçoit les trois fous A, B, C, qui se tiennent à l'entrée de leur salle.
L'employé file le long du couloir.
Les fous le poursuivent.
Quelques folles sont là, devant lui.
Une voix aiguë appelle : « Hé ! là-bas... toi ! »
Il tressaille et se retourne.
Le directeur de l'hôpital est là !
L'employé s'enfuit.
La voiture des mariés s'en va, ainsi que le fourgon mortuaire où se trouvent le directeur et l'assistant qui sourient, l'air ravi.
Le couloir est redevenu complètement calme.
L'employé se tient là, avec sa femme dans les bras.
L'aube se lève.

Il est assis dans sa chambre.
Il se tient la tête et souffre.
Il sort soudain de son hallucination.

Scène d'un matin à l'aube.
Puis deuxième scène,
Troisième scène,
Quatrième scène,
Cinquième scène,
Sixième scène.

(L'employé est repris par son hallucination.)
Trois fous s'agitent dans le couloir.
L'employé s'approche en souriant, un panier à la main.
Dans le panier, il y a plusieurs masques qui sourient légèrement.
Il met un masque à chacun des fous, A, B, C, l'un après l'autre.
Leur violence s'apaise. Un sourire apparaît sur leur visage.

Plusieurs infirmières lui barrent le passage.

L'employé se précipite sur le directeur et le tue.

Puis il continue, tape sur les fous, le surveillant, l'assistant, le docteur, et les tue.

Trois magnifiques voitures entrent et passent sur les cadavres gisant des deux côtés du couloir.

Dans l'une d'entre elles, se trouve la jeune fille en costume de mariée. A ses côtés, un fou qui vient d'être tué un instant auparavant est assis en habit de marié.

La mère se tient debout devant la voiture pour l'empêcher de passer.

La jeune fille cache le visage de son fiancé pour qu'il ne voie pas le visage de sa mère.

La femme grimpe sur la voiture.

Le chauffeur essaye de la repousser.

L'employé cherche à éloigner sa femme et lui tape dessus.

La fille laisse le visage de son fiancé et descend de la voiture pour protéger sa mère.

Les fous s'accrochent à la porte de la voiture et crient : « Ça suffit ! ».

Le fourgon mortuaire entre, puis s'arrête.

Les fous et l'assistant qui viennent d'être assassinés y montent, conduits par les infirmières.

Le directeur de l'hôpital, également, qui fixe l'employé, l'air apeuré.

De nombreuses malades sont assises dans le couloir.

L'employé leur met à toutes un masque.

Un léger sourire apparaît sur leur visage pendant un moment.

Il met aussi un masque à sa femme.

Il lui semble que ce visage doux et souriant a comme une expression d'amour.

L'employé met aussi un masque sur son propre visage. Il sourit et prend dans ses bras sa femme souriante.

(Fondu enchaîné passant de l'hallucination à l'image de l'employé balayant le couloir, le matin.)

L'employé balaie le couloir en silence.
Le directeur de l'hôpital et les infirmières passent en répondant poliment à ses salutations.
Il rit en pensant à son hallucination.
Le directeur et les infirmières se tiennent devant la cellule de la femme.
La femme regarde calmement.

La chambre de la danseuse.
Ce jour-là, elle danse encore de façon effrénée.

Le directeur suit les infirmières. Ils vont de cellule en cellule faire leur tournée.

L'employé balaie le couloir en silence.

La chambre du jeune homme, bien éclairée, de style occidental.
Un beau bouquet de fleurs annonce le mariage des deux jeunes gens pour le lendemain.

Illusions de cristal (Suishô gensô).

Nouvelle publiée en deux fois dans la revue *Kaizô* (Réforme) en janvier et juin 1931.

Les Servantes d'auberge (Onsen yado).

Nouvelle publiée en trois fois :

— La première partie dans le n° d'octobre 1929 de la revue *Kaizô.*

— La deuxième partic, dans le n° de janvier 1930, de la revue *Bungei shunjû* (Annales littéraires).

— La troisième partie dans le n° de mars 1930, de la revue *Kindai seikatsu* (Vie moderne).

Le tout a été rassemblé et publié en octobre 1930, aux éditions Sinchôsha.

Le Pourvoyeur de cadavres (Shitaï shôkai-nin).

Cette nouvelle est parue en quatre feuilletons de 1930 à 1931 dans diverses revues successivement :

— Du chapitre 1 au chapitre 5, dans *Bungei shunju,* avril 1930.

— Du chapitre 6 au chapitre 10, dans *Kindai Seikatsu,* juin 1930.

— Du chapitre 11 au chapitre 15, dans *Sokoku,* août 1930.

— Du chapitre 16 au chapitre 18, dans *Sakuhin*, août 1931.

Une page folle (Kurutta ippêji)

Texte paru dans le n° de juillet 1926, de la revue *Eiga jidai* (Les Temps du cinéma).

Table

Préface 7

Illusions de cristal 17

Les servantes d'auberge 53

La fin de l'été 55

Au cœur de l'automne 79

L'arrivée de l'hiver 95

Le pourvoyeur de cadavres 103

Une page folle 161

Composition réalisée par EUROCOMPOSITION

IMPRIMÉ EN ALLEMAGNE PAR ELSNERDRUCK
Dépôt légal Éditeur : 20508-10/2002
LIBRAIRIE GÉNÉRALE FRANÇAISE - 43, quai de Grenelle - 75015 Paris.
ISBN : 2-253-06475-0

42/3200/5